ことば降る森

井上 さくら

西村書店

時を切り取りたいと、
時を切り取ることを覚えたいと、
人は何度思うのだろう。
切り取った〝時〟も曖昧《あいまい》に溶けていくのなら、
何が私を存在させるのだろう。
時という流れに結び目を作る。
時を捉《とら》えたくて結び目を作る。
石筍《せきじゅん》だって十三年間に一ミリ伸びる。
目に見える形で時を刻む。
この物語が、私の石筍になることを祈る。

ことば降る森

目次

プロローグ

もしも私が鳥だったら、この広い大空を、どちらに飛べばいいのかわからずに、地図もなく、地図があっても読めなくて、ねぐらに続く道を見失い、あっちへいっては引き返し、こっちへ飛んでは引き返し、ただただ不器用に飛ぶだけで、元の場所にも戻れずに、心細さに砕かれて、飛べない鳥になっただろう。

もしも私が魚だったら、この広い大海を、どちらに泳げばいいのかわからずに、群れからはぐれてしまっては、ただただ怯《おび》えて泳ぐだけで、仲間の居場所もわからずに、道もない海の中、心細さに砕かれて、泳げない魚になっただろう。

爬虫《はちゅう》類になるのは、恐ろしい。

両生類になったなら、一度水から上がったあとは、溺れる恐怖で、二度と水には戻れない。昆虫ならどうかというと、芋虫も、蛹《さなぎ》になるのも、脱皮するのも、どうにも気が進まない。その上、土の中は暗くて寂しい。温かいかもしれないけれど、性に合っていないと思う。

プロローグ

猛獣や猛禽類《もうきん》になったなら、狩りをするのは、ハアハアゼイゼイ、息は切れるし動悸は打つし、へたり込むのが関の山だ。それにもまして、襲った相手の痛みが伝わって、身体が動かないに違いない。

小動物になったとしても、逃げる方向を間違えて、川や沼では泳げずに、あっという間に捕まって、一等先に死ぬはずだ。

鳥にも、魚にも、爬虫類にも両生類にも昆虫にも猛獣にも猛禽類にも小動物にもなれないのなら、私は何になれるのだろう。

この世にいなくなる日が来たとき、私は何を思うだろう。私は……何になりたいのだろう。

……ことば……

高み　深み　広がりを　自由に行き来するもの
ことば　言の葉　言霊《ことだま》　満ちるもの　満ちてくるのを待つもの

そう、私はことばになりたい。ことばを抱えたい。
私たちを取り囲むことば、そして、語ることを止めない無数のことばにならないことば……。
そのことばが、私自身のことばとなって、愛を運び、愛を結ぶなら……。

空へのあこがれ　星のまたたき　星のかおり
海をしたう　海の音　海の色
なつかしむ　風を　木々を　岩を　流れを
目をとじ　手をさしのべる
私の中に　ことばが満ちる
私はことばとなり　ことばが私となり　あなたに届く
届けて　あなたと共にいる

キラッと光ることばが、降りてくる。やって来る。

立ち止まって、つかまえる。

簡単なことだ。

今でなくても……と高を括《くく》り、探し求めていながら立ち止まらない私の傍《そば》を、数えきれないほどのことばがすり抜けた。過ぎて行く時を追いかけるように駆けていった。

そのころの私は横着で、ことばは必ず見つかる、必要な時、必要なことばが、必ずことばのほうからやって来る、と信じて疑わなかった。ただ待っているだけでよかった。消えるに任せたことばが時々顔を覗《のぞ》かせても、それさえもやり過ごした。

けれどもことばは、指先からこぼれる砂のようにこぼれ落ち、ペンキの様に剥《は》げて色褪《あ》せ流れ去る、と気づいた時、いつか自分はことばを見失うのではないか、取り戻せないのではないか、自分の中にことばが無くなるのではないか、もう遅いのではないか、時はそんなに長く残っていないのではないかと、と怯えた。

ことばをつかまえ紡ぎ出そうと、いろんなことばを思い浮かべる。

これではない。これでもない。これも違う。

忙しくことばを探す。見えなくなったことばを、探す。

使いたかったことばが追いかけてきて、すっぽり収まると、ふぅと安堵《あんど》する。

ことばは、立ち止まらないと、消えていく。

ことばは、つかまえないと、逃げていく。

ことばは、気づかないと、取りこぼす。

そうはいっても、探すことばを見失ってしまえば、どこを探せというのか。

どのようにして見つけよというのか。

アワアワと生きてきた日々を思う。

ことばが愛しいものとなった今、愛しさを裏返すと、そこに諦めの文字が透けて見え、胸を突かれる。それでも、私はことばを探すのが好きだ。

枯れたススキの野原に埋めたことば、落ち葉の中に埋もれている〝失くしたことば〟を見つけると、親しさを見つけたようでうれしい。

「あなたを、ずい分探した……」


忘れないうちに、消えないうちに、と思いつつ、ただ思うだけの月日を重ねてきた愚かさに、終止符を打とう。

遠くを見る目は、ことばを追いかける。

気づかずに取りこぼしたことば、つかまえるタイミングを逃して戻ってこないことばの残照《ざんしょう》を、追いかける。

ケイの場合

1　パンドラの箱

ケイの住む家は、街の中心から外れた深い森の近くにあった。

ケイは街の中核病院の勤務医だ。病院で働く前は、大学病院の研究室にいた。

二人の子供が独立して家を離れた後、生化学の研究者として海外に招聘《しょうへい》された夫は、年に数回帰国する生活を選んだ。夫と海外で暮らす選択肢もあった。夫もそれを望んだ。けれども、今、ここを離れてはいけない、という心の声にケイは耳を傾けた。

「今書き始めないで、いつ書くというの？」

声は、勤務医として、今までどおり忙しく働き続ける中でことばをつかまえるのか、仕事を辞めて、物書きの仕事を選ぶのか、の二者択一を迫っていた。ことばを紡ぐ仕事は若い頃からの望みだった。ことばそのものとなり、そのことばが誰かに届くことは、ケイの夢でもあった。声を無視することは難しかった。

家族四人で住んでいた家にケイ一人が残った。

「まあ、ここに残ると決めたのは私だし……」

ケイは憂うつそうにつぶやいた。

そんなある日、ケイは何かに呼ばれた気がして、いつもは眺めているだけの森に足を踏み入れた。深い森は何を抱えているかわからない分、一人で辿《たど》るには気おくれがした。道はどこまでも続いていそうだった。

森を流れる小川は何度も道を横切り、その都度、ケイは、幅広の横木を並べたやけにしっかりした橋を渡った。この森をリゾート開発する計画は、好景気が去ったあととっくに頓挫《とんざ》してしまっていたが、頑丈な橋はその時の名残《なごり》だ。歩いているうちに、森に埋もれるように建つ家が何軒か現れた。しかし、そのどれにも人が住んでいる気配はなかった。

何がケイを大胆にさせたのだろう。初めての場所で、いつもきまって感じる心細さがないのを不思議に思いながら、ケイは森の中の道をやみくもに歩き回った。その挙句《あげく》、いよいよ道がわからなくなり足を止めた時も、途方に暮れるというよりは、これから起こるかもしれない何かを期待した。期待は現実となり形となった。ゆるやかに曲がりながら伸びる道の横手に、突然、緑の屋根の家が現れたのだ。

〝森の家〟だ！

ケイは、こみあげるような懐かしさを覚え、小走りに建物に近づいた。玄関のドアにぶら下がっている板に、「売り家」という文字が記されている。ケイは、何度も何度も、「売り家」の文字を確かめた。

眼の前の家は憧れてきた家そのものだった。少女の頃、繰り返し読んだ本に出て来る、緑の屋根と白い壁の〝森の家〟は、幾度となく夢に出てきて、ケイはいつしか、〝森の家〟に住みたいと思うようになっていた。この家に住めるかもしれないと思うと、うれしくて息ができなくなりそうだった。

「この家に住むと魔法が使える。魔法が使えて、私はことばになれる」

ケイは即座にそう信じ込んだ。

〝森の家〟に住むことに決めたケイは、勤務医か物書きかの二者択一をやめ、第三の道を選んだ。つまり、相談業務専属を願い出て、仕事量を大幅に減らしたのだ。

「二兎《と》追う者は……にならないようにしなくちゃね」

ケイは満足そうにつぶやいた。

ケイが〝森の家〟に移り住んだのは冬だった。

冬は色を持ち去り、春は色を運ぶ。

初めての春、庭に続く道の両側に植えてある何本もの桜が、待ちかねたように蕾《つぼみ》を膨らませた。その時までケイは、桜を愛《め》でることばを他人事《ひとごと》のように聞いていた。桜の木は、枝の黒さが気になる上、一つ一つの花に萼片《がくへん》と細い茎が付いていて、その色が花より目立つがゆえに興ざめする、と密《ひそ》かに思っていた。けれども、桜が一斉に花開いた時、ケイは感嘆の声をあげた。やさしくやわらかな花の、控えめな色が枝を覆い尽くすと、絢爛《けんらん》さの中に一抹のはかなさが漂う。

それ以上に、ケイは、花びらが舞う景色に固唾《かたず》を呑んだ。

淡いピンクの　白と見紛《みまが》う淡いピンクの　ちいさな花びら　ちいさな花びら
風にのり　吹雪のように　波のように
舞いあがり　舞いおり　舞いあがり　舞いおり
風にのり……舞いあがり……舞いおり……
波のように……吹雪のように……

道を走る花びらは、ケイを愛しさに誘い込んだ。心に住みつくのに十分すぎる距離で、桜はケイと出会ったのだ。

ケイが移り住んだ頃、〝森の家〟は見捨てられたように荒れ果てていた。

寒い冬を何とかやり過ごそうと、ケイは来る日も来る日も、時間があれば床を拭《ふ》き、窓を磨き、椅子を繕《つくろ》った。春になり、桜の花に勇気づけられたケイは、テーブルには、華やかだったり、愛らしかったり、時には洒落《しゃれ》たデザインのテーブルクロスをプレゼントした。また、どの部屋も、ケイの決めた色が気に入るようにと、部屋毎《ごと》に違った表情の壁紙とカーテンを念入りに選んだ。

一階のキッチン、ダイニングルーム、リビングルームと客間、そして、二階の四つの部屋の仕上がりは上々だった。ケイは、南に窓のある二階の一室を、自分の書斎と決めた。

台所からパンを焼く香ばしい匂いが漂い、肌寒い日には、暖炉の煙突から紫がかった薄い煙がゆらっと立ち上るようになった頃、居間にソファーと肘掛椅子が、二階の書斎に書棚と長椅子が運び込まれた。書斎にケイの待ち望んだ書き物机が加わったのは、それからしばらくしてのことだった。骨董《こっとう》店に無造作に置いてあった、いかにも古めかしい片袖の書き物机は、自分が来るのを何年も待っていたのだと一目でケイに思い込ませ、机に寄り添うような椅子もまた、申し分のない座り心地でケイを捉《とら》えたのだ。

小鳥の声は、ケイの目覚めを楽しいものとし、遠く聞こえる教会の鐘の音は、ケイの心を穏やかに包んだ。ケイは毎日のように散歩に出かけた。

散歩の途中、道に面した平地を木の柵で囲んだだけの、不思議な庭を見つけたケイは、それからというもの、散歩のたびにその前で立ち止まるようになった。そこには種々雑多な草木が植えられ、寒い地方のものも暑い地方のものも、気ままに育ち、花を咲かせ、実をならせていた。それでいて一種の調和があった。

その日、いつものように庭の前で立ち止まったケイは、庭の一画で花の苗を植えている男を見つけ、思い切って声をかけた。

「あなたのお庭を私はとても気に入っているのですが……。ぜひ、私の家の荒れた庭を生き返らせてくださいませんか？」

木や花といつも話をしているような小柄な庭師は、ケイの申し出を人懐こい笑顔で引き受けてくれた。

庭師の手が入る前、〝森の家〟の前庭には背丈ほどの草が生い茂り、時折吹き荒れる強風に耐え切れず、幹から折れた枝がそこここに枯れたままぶら下がり、つる草が絡まる両開きの門扉《もんぴ》の片方は蝶番《ちょうつがい》がはずれて傾き、不用心に歩こうものなら、張り巡らされた蜘蛛《くも》の巣が顔や髪に張り付いた。

見る影もなかった前庭が、庭師によって命を吹き込まれ、落ち着いた中にも何気ない色彩を散りばめた、どこか懐かしい庭へと姿を変えて行く様子は、見ているケイを幸せにした。

庭師は一つ不思議なことをした。庭の真ん中にパセリの種を蒔《ま》くと、周りに二メートルほどの円を描いて石を並べたのだ。

「これって……？」

怪訝《けげん》な顔をするケイに、庭師は涼しげな目で答えた。

「このパセリは特別でね。うんと大きくなるでね。そう、鳥が来ても大丈夫なくらいにはなる。庭の真ん中に小さな森を作るには打ってつけだよ。それに、まず枯れんし……」

一抱え以上もある楡《にれ》の大木の枝に、柔らかな芽が吹き出すと、やがて、緑の葉が枝を覆いつくす。夏を迎えた庭は生命《いのち》に満ちたものとなった。そして、季節の魔法が、緑の葉をあでやかな色に染め上げる頃、誘うように風が吹く。木の葉は、風の声を聞き時を知ると、身をまかせるように散り急ぐ。庭に面した窓が、秋の深まりを切り取り、部屋の中に秋を運ぶ。

お気に入りの丸みを帯びた大ぶりのマグカップに、アツアツのミルクティーをなみなみと入れ、両手で包み込むように持つと、立ち上る湯気を顔に受け机の前に座る。そうして一息つくと、カーテンに映り込む木の葉の舞いを飽くことなく眺めては、ことばを物語にしたいと、パソコンで原稿を書くことがケイの日課となった。

冬が秋の終わりを告げにやって来たようなその日、いつものようにパソコンを開いたケイに、かすかな声が聞こえた。

「蓋《ふた》を開けてよ」

ケイは辺りを見回した。が、誰もいない。気のせいかと、再びパソコンに目を落としたケイに、小さいけれどはっきりとした声が聞こえた。

「箱の蓋を開けてよ」

片袖机の引き出しの一つから、声は聞こえてくる。

一段目の引き出しには、いつも使う文房具を放り込んだ。二段目には、いつか整理しようと思いながらそのままになっている、灰色の表紙のノートを仕舞いこんだ。三段目には何も入れなかった。何も入れられなかったという方が正確だ。三段目の引き出しは、骨董店ではスムーズに引き出せたのに、〝森の家〟に来たその日から、何かが引っ掛かったように途中までしか開かなくなった。引き出しの機嫌もそのうち直るだろうと、ケイは気にも留めずにそのままにしていたのだ。

声に慌てたケイは、何が引っ掛かっているのだろうと、ほんの少し開く三段目を覗《のぞ》き込みながら、思い切り引っ張った。しかし、それ以上は開かない。引き出しを抜き出すのは、なかなか骨の折れる仕事だった。押したり引いたりゴトゴトやっているうちに、何の拍子か急に動き出した引き出しは、そのまま飛び込むようにケイの腕に収まり、その拍子にケイは危うく後ろにひっくり返りそうになった。

「からくりにしては細工がまずいんじゃないの」

引き出しを床に置きながら、ケイは独りごちた。

「あら、これは……何……かしら……？　こんな箱、入れた覚えはないけれど……」

引き出しにすっぽりと収まった、古色蒼然《そうぜん》とした箱が目に留まった。

「なんて不器用なの？　あんなに揺すっちゃ怪我《けが》をするじゃないの！」

箱の中から声がする。

「もう、あなたって本当にじれったいわね。早く開けてよ！」

声は続けてそう言った。

驚いてもいい状況なのに、ケイは不思議に落ち着いていた。

「あなたは誰なの？　まあ、お互い初めて口をきくのに、何て礼儀知らずなんでしょう。『そんな生意気な口をきくのなら開けてあげないわよ』って言ったら、あなたはどうするつもり……」

うんざりしたような声がケイのことばを遮《さえぎ》った。

「あなたはこの箱を開けるって、もう決まっているの！　とにかくここは窮屈なんだから……。早く出してよ！」

「わかったわ。わかったわよ。今開けるから……。でも、あなたは、一体何者なの？」

有無を言わせない声の響きに急《せ》かされて、ケイは箱の留め金を外した。

箱から出てきたのは、手のひらに乗るくらいの女の子だった。

「あー、久しぶりに外に出たわ。あら、あなた、私を知らない？　パンドラよ。ほら、〝パンドラの箱〟って有名じゃない？　あのパ・ン・ド・ラ」

パンドラは、思い切り身体を反らし深呼吸をすると、初対面の挨拶《あいさつ》をするどころか、腰に手を当て早口でまくしたてた。

「私を机の上に乗せてよ。それからオレンジジュースと何か食べるもの。それに鏡と櫛《くし》が欲しいわ」

ウエスト周りにギャザーを施した、青い提灯袖《ちょうちんそで》の半袖のワンピースは、靴下と靴が黒であることと相まって、パンドラのほっそりした体型をより際立たせ、フリルのついた白い胸当てエプロンは、パンドラをより清楚に見せていた。パンドラは、そこに立っているだけで、そのまま絵になる美しさだった。ただし、口を開かなければ……。

ケイが小さい頃集めていた、シルバニアファミリーのセットが書棚を飾っていたのは幸いだった。机の上に並べられた家具付きのルームセットやキッチンセットは、パンドラのお気に召したようだ。パンドラは鏡に向かうと、乱れた髪を梳《と》かし始めた。金色に波打つ髪は腰まであり、前髪を後ろに梳かすと、なだらかに曲線を描く広い額《ひたい》が現れた。両眉の間に縦ジワを寄せ、鏡を上目使いに睨《にら》むように見ている目はくっきりとした二重瞼《ふたえまぶた》で、カールしたまつ毛が眉に届きそうだ。少し上を向いた形のいい鼻の下に、〝へ〟の字に結ばれた小さな引き締まった唇がある。

「牛乳とマフィンとぶどうで我慢してね。それと、少し暖房入れるわね」

ケイが用意した牛乳とマフィンとぶどう一房は、ミニチュアのキッチンセットのコップとお皿に訳なく移動すると、食器からこぼれることもはみ出すこともなく、パンドラの形のいい口に飲み込まれていった。気持ちのいい食べっぷりに思わず見とれていたケイは、パンドラに聞かずにはいられなかった。

「ねえ、箱の中に食べ物はあるの？　トイレは？　お風呂は？」

パンドラは、「ふふん」と鼻でケイをあしらった。

「箱の中に時間は無いのよ。そうだ、そうだ、外に出ると、トイレもお風呂も必要になるってこと、すっかり忘れていたわ」

パンドラは牛乳を飲み干し、更にキッシュと紅茶を平らげた。

「そろそろ私をそこの長椅子に連れて行ってよ」

パンドラは書棚に向き合うように置いてある長椅子を顎《あご》でしゃくって示した。

パンドラの腰に両手を当てそっと抱えたケイの腕の中で、パンドラの背丈がするりと伸び、ケイの前に彫りの深い美少女が降り立った。

長椅子に座ったパンドラは、足を組み、髪を掻《か》き上げながら、憂うつそうに言った。

「なぜ私がここに来たのか知りたいって？

私の仕事は、希望から離れてしまった人に希望を引き合わせることなの。厄災をまき散らしたのは確かに私だからね……。責任は感じているわよ。だから、私は、私を必要としている時に、ということは、希望を必要としている時に、という意味なんだけど……。そういう人の所に行かなければならないと定められたの。希望を失った人には希望を引き合わせ、私のせいで、世の中に希望が無くなったのかもしれないなんて言うあなたのような人には、その誤解を解くために、あんな窮屈な箱に閉じ込められてずっと待つことになったのよ。とにもかくにも、希望をあまねく知らしめよってわけ。

あなたの所に来たのはね……あなたが引き出しにしまったものを出すために決まってるじゃないの。そうそう、あなたは私と希望について結構ひどいことを書いていたでしょ。希望は存在するのかしないのかとか、希望がよくわからないとか……。本当に面倒な話だわ」

ケイは慌ててパソコンを閉じようとした。確かに、つい今しがたまで、ケイはパンドラについての文章を打ち込んでいたのだ。次のように……。


「〝パンドラの箱〟の話は多くの人が知っているでしょう？

パンドラが箱を開けたばかりに、あらゆる厄災が人間世界にばらまかれた。驚いたパンドラが慌てて箱を閉めたので、出て行かずに箱の中でぐずぐずしていたらしい希望が残った、というような話よね。というようなと言ったのは、いろんな解釈があるからだけれど……。

一般的には、最後まで希望が出て行かなかったおかげで、私たちには希望が残されたという、どちらかというと前向きなお話として受け止められているのではないかしら。

でも、この話を聞いておかしいと思わない？　パンドラは慌てて箱の蓋を閉めたのでしょ？だったら、希望は箱から外に出ていないのだもの、人間世界には厄災だけが蔓延《まんえん》して、人間は希望を知らないってことにならない？　希望そのものが厄災だという、認めたくないような説もあるらしいし……。

希望は、ギリシャ語の〝エルピス（Elpis）〟の訳で、希望の〝希〟という字は〝まれ、めったにない、ねがう、のぞむ、こいねがう、うすい〟と辞書には載《の》っているけれど、誰がエルピスに、希望という字を当てはめたのだろう。どうして、〝希〟と言う字を選んだのだろう。

希望は、いつも手の届かない未来にいて、掴《つか》まえようとするとすっと遠のいて掴まえられないか、希望の後を、絶望がひたひた追いかけているような気がするのは私だけかしら」

ケイは顔を赤らめながら、憮然《ぶぜん》とした面持ちのパンドラに言った。

「私が書いたようでなければいいと本当は思っているのよ。希望って、初めから取り逃がすことになっている大きな魚みたいだもの」

パンドラは急に真面目な顔になり、彼女の癖らしく眉間《みけん》に縦ジワを寄せるとこう言った。

「さあ、あなたの話をあなたの目の前に並べていくから、しっかり見てなさいよ」

ケイは慌てた。ああ、あのノートのことだ……二段目の引き出しの……。うろたえながら開けた引き出しに、ノートはなかった。

「もう遅いわよ。ノートは、ほら、ここにあるもの」

パンドラが手にしている灰色の表紙のノートには、他人には決して見られたくない、知られたくない自分が、ぐちゃぐちゃに詰め込んであった。

怠惰《たいだ》、思いやりのなさ、悪口、嘘、自己弁護、口答え……。いっそ捨てればいいものを、後生大事にしまい込み、その上、いつでも取り出せるように鍵もかけずにいる。だから、事あるごとに昔のことがニュルッと出てきたりするのだ。

パンドラは眉間にしわを寄せたまま、黙り込んでノートを読み始めた。

ケイは観念した。ノートの中の自分も、その時々の自分の姿だ。それを無いものにすることができないのなら、しかと見つめてみよう。思い定めたように姿勢を正したケイの目の前に、パンドラの読むノートのページが、スクリーンに映し出されるように浮かび上がった。


小学校一年生の頃の話だ。

学校から帰ると、リンゴが二つテーブルに置いてあった。一つはごつごつした赤いリンゴ、一つはピンクがかった形の良いリンゴ。今日のおやつだ。

遊びに来た友人に、「色がきれいだから、こっちをあげる」

私はそう言って、ピンクのリンゴを友人に手渡した。

友人は、「ありがとう」と言うと、ニコッと笑った。

どちらのリンゴがおいしいのか、私はとっくに知っていた。おいしいのは友人の手にあるそれではない。親切そうな自分のことばが、後ろめたい気持ちを増幅させた。

「どうしよう。食べたらおいしくないってすぐわかってしまう。初めから、赤い方がおいしいんだよって渡せばよかった。どうしよう。言おうかやめようか……」

しばらく迷った私は、何気ない風を装って言った。

「こっちの方がおいしいかもしれない。とっかえっこしようか」

そう取り繕った自分の声を、今でも覚えている。


「ふむふむ」パンドラは頷《うなず》くと、独り言のようにつぶやいた。

「これが、あなたの出発点の一つになっているということね……」

パンドラは次のページを繰《く》る。


私が大学生だった時のこと。

ある日、友人の仲間の一人が亡くなった。ボランティア活動中の事故だった。責任の一端が、一緒にいた友人にもあったのかどうか、私にはわからない。

ただ、私が同じ立場に立たされたら、起こってしまった事の重大さに気が狂いそうになり、猛烈な吐き気に襲われながら、居ても立ってもいられなかったに違いない。

この友人に助けを求め、そして……友人は、間違いなく手を差し伸べてくれたはずだ。誠実で正義感の強い友人は、考えられる限り、できる限りのことをしたのだと思う。思うと言ったのは、私は何も知ろうとしなかったし、実際何もしなかったからだ。

青ざめ憔悴《しょうすい》した顔で、通りかかる学生に、仲間の記憶を刻み残すための募金を集める友人を見かけた時、私は友人を支えるどころか、その前を素通りした。手も差し伸べず、言葉もかけず、その場を立ち去った。

何と非難されても仕方のない、弁解の余地のない行動も、私の中では合理化が働いていた。私の言い分は、「ほんとにお金がなかったの、募金の」だった。そして、それは本当のことだった。私の家はそこそこ裕福で、誰からも、私がお金に不自由しているようには見えなかったと思う。けれども実際には、私の学生生活は結構きりつめたものだった。余分の送金をねだるほど、母に近くはなかった……。人知れずそう思うことで、自分を納得させ自分を正当化した。

友人と並んで募金を集めることも、そばにいて何かを手伝うこともできたのに、私はそれをしなかった。何かをすれば、これからずっと何かを共有することになる。その〝何か〟が、怖かった。〝何か〟に引きずり込まれ、抜け出せなくなりそうな、漠然とした不安があった。どんな言い訳を作ってでも、この渦に巻き込まれていくことをためらう私がいた。

パンドラは何も言わない。相変わらず、眉間にしわを寄せたままノートに目を走らせている。罪悪感を振り払うように、ケイも浮かび上がる文字を追う。

乳児健診の日のことだ。

「女の子なんて欲しくなかった。いらない子です」

母親は、常々私にそう言っていた。生まれてきた女の赤ちゃんが、自分を虐待《ぎゃくたい》し続けた父親にそっくりだというのがその理由だった。

母親はいつものように姿を見せず、その赤ん坊は、付き添いの女性の手で、無造作に秤《はかり》に乗せられた。そのあと、付き添いの女性は誰かに呼ばれたらしく、赤ん坊を秤に乗せたまま、何も言わずにその場を離れた。そばには誰もいなかった。

そのすぐあとのことだ。腰の高さほどの台に置いてある秤から赤ん坊がずり落ちた。落ちた赤ん坊は、ゴムまりのように何度か跳ねると、床の上を転げまわっている。全身赤黒くなって、どこが目だか鼻だかわからないクチャクチャの顔をして、喉《のど》が詰まったようなおそろしい声をあげて泣いている。

私は、といえば、付き添いの女性が赤ん坊のそばを離れたと承知していながら、少し離れたところで一部始終を見ている。

あー、落ちるよ……！　落ちる……。あー、落ちた……と、その場所から一歩も動かず、落ちた赤ん坊を、ただ見ている。

付き添いの女性が目を離したのだから……彼女の責任になるのか、病院の中での事故だから……看護師、医師に注意義務があるとして最悪の場合裁判になるのか、と目まぐるしく頭を働かせている。

ごまかせないかな、と最初に思った。私以外誰も見ていなかったのだから、黙っていればわからないかも……。私の中で打算が働く。

同僚の医師が、救急室の医師に赤ん坊を託し、検査の指示を出したあと、どんな落ち方をしたのか検証をしている。苦渋に満ちた顔で、現実をそのまま受け入れようとしている。

私は、「過失ですよ」と言う。「私、見ていましたから……」

彼は、私のことばを押し返すように私の目を真っ直《まっす》ぐに見る。見ていたのならなぜ真っ先に助けにいかなかったのか。非難に満ちた彼の目はそう言っている。

私は、だってこの子は……と言いかけ、いらない子……ということばを危うく飲み込んだ。

私しかそばにいなかったというのはいかにもまずいよね。両親が訴えたりすれば未必《みひつ》の故意《こい》になるかもしれない。そうなれば仕事は辞めるしかないということか……。そのあとに、そうなっても、まー仕方ないか……ということばが、思いもかけない軽さで心に浮かんだ。

「辞表は明日書こう」

医局に戻った私はゆっくりと白衣を脱ぎ、ネームプレートを外し、ポケットから院内携帯を取り出すと机の上に置いた。その時、自分がのっぺらぼうになった気がして、思わず唇を噛《か》んだ。

半ば強制的に持たされた携帯電話が、案外支えになっていたのかと、侘《わび》しい気持ちで家に帰るとベッドに潜りこんだ。ウトウトしたと思うと、着信音が聞こえる。遠いところで小さく鳴っている……。しつこく鳴っている……。ああ、病院からだ。早く出なきゃ……。携帯を探す手が、鳴りつづける目覚まし時計を掴んだ。六時半……。起きる時間だ。

じっとりと汗ばみ、白々とした気持ちで目を覚ました。

携帯電話は、いつも通り、ベッド横のサイドテーブルの上にあった。

何という夢を見たのだろう……。

夢でよかったとも思えない。夢が覚めた後も、同僚の医師の目が私を監視し続けている。母親にとっては〝いらない女の子〟でも、私はあの子の母親ではない。なのに、どうして母親と同じ目であの赤ん坊を見たのだろう。

母親に見捨てられたあの女の子は幸せにはなれないと決めてかかって、幸せになれないのならいないほうがいいと、どこかで母親の気持ちに同調したのだろうか。

母親の愛を知らないままずっと母親を待ち続け、母親の愛に飢え焦がれる女の子のこれからの人生を思って、自分には助けに行かないもっともな理由があるとでも思ったのだろうか。

私の中に、凍って麻痺した私がいるに違いない。

〝夢の中の自分はもう一人の自分だ〟という話を聞いたことがある。夢の中の私はいざとなると、臆病《おくびょう》で、卑怯で、ずるかった……。そうだと認めるには勇気がいるけれど、現実の私もきっと同じだ。自分に向かう蔑《さげす》みそして罪悪感を覚悟した。自分に卑怯者のレッテルを貼った。

けれども、そうした自分を心の奥深くに沈め、そんな自分は無いものとして、安穏《あんのん》と生活を続けている。そうしないと自分が生き延びることができなかったと言い訳をして……。

心の奥深くに沈んだものは、これからも低く語りかけることを止めないだろう。その声を聞くたびに、反射的に身構える自分がいる。

「自分が生き延びるためにねぇ」

パンドラが、このことばを、皮肉をこめて言ったのではないことは、彼女がホッと溜息をついたことでわかった。

ケイは自分に言い聞かせるように言った。

「この夢を見たことが私の転機になったんだわ。臆病で、卑怯で、ずるい自分も自分でしょう？自分の弱さをそのまま受け入れないと、他人の弱さもわからないって……わかった気がした……」

少し小さくなったように見えるパンドラは、じっとケイを見つめると次のページをめくった。

「次からは、あなたが愛した、忘れられない人たちのことが書いてあるようね」

パンドラの声はやさしかった。

ケイの目の前には、パンドラの読むノートのページが浮かび上がっている。

ケイは深く頷いた。この人たちとの出会いで、ケイの心の芯《しん》が形造られたのだ。


昨日の夜かかってきた電話の向こうで、彼女は、長い間入院していたパートナーの彼が亡くなったと言った。深々としたアルトの声を持つ彼女は、私の同僚だ。

不思議に落ち着いているその声に一瞬戸惑いを覚え、私は受話器を握りしめた。

「まだ本当のことと思えなくて……」

たちまち彼女の声が震え、そこで途切れた。

お互いの呼吸を感じ取れるほどの沈黙が続いた。

「……彼にあなたの半分、持っていかれちゃったのね……」

ようやく息を殺すように言って、私は小さく吐息をついた。

「半分じゃない、全部なの。彼と一緒に私の心がなくなってしまったみたい」

涙の滲《にじ》む声がそう言った。愛しい人が旅立った。彼女を残して……。

「〝あなたの家にいる時が、一番心が安らかだよ〟って言ってくれていたの。いつも居たところに彼がいないと、心細くて悲しくて、それだけでこんなに泣けてくる……。

いつもなら、さびしさや孤独からは逃げなくてもいい、抱きしめればいい、と思うのだけれど……今そのことばは役に立たない。どんなことばにも心は反応しない。いつでも立ち止まろうとする自分を持て余してしまうの。ごめんね。このまま少し泣かせて……」

いつもの彼女は、謙虚だけれど凛《りん》としていて、柔和だけれど粘り強い。甘くやさしいその声のように、彼女は彼を愛したに違いない。愛は芯の通ったものだったに違いない。

胸が痛くなるような時が流れたあと、彼女は、自分自身を確かめるかのように、再び話し始めた。

「彼を知る前の私はね、一人でも寂しいのに、二人でもっと寂しくなるのは嫌だという思いが本能的にあってね。でも、彼と一緒だと、そんなことどうでもよくなって……。人を好きになる気持って、なにか天から降ってくるような感じがしたわ。誰かに必要とされていると思い込みたかったのかもしれない。彼と会う前の私は、生真面目でぎくしゃくしていて、結構くたびれていたから……」

柔らかな声が続く。

「〝必要〟というのも身勝手なものだと思っていたの。

子どもには母親が必要でしょ？　もちろん必要よね。でも、私はひねくれているから、母親だって、子どもに必要とされていると信じ込んで、生き延びているのかもしれない、と思ったりしてね。

だから、〝あなたがいないと生きていけない〟と口にすることは、なにか取引をするみたいでとうとう言えなかった。でも、私をここに残したまま、私の心を全部持って行ってしまうとわかっていたら、言っておけばよかった。泣いて泣いて、何度も何度も、言っておけばよかった……」

私は、彼女のことばを一言も聞き漏らすまいと、受話器を耳に押し当てる。

「彼ね、いたずら電話をよくかけてきたの。玄関のドアの前にいるのに、〝今から帰るよ。新幹線に乗ったところ〟って。悪いクセでしょ。何度もそんなことするから、ドアを開ければそこにいると思うじゃない？　彼がいるかもしれないってドアを開けてみて、そしてそこに居ないなんて……何倍も悲しい……。

時々、愛されたくて愛する人の反応をみるってこと、あなたにはないかしら？　そんなとき、笑顔とかハグとか、待ちかまえた反応が返ってこないとなんだか辛くなって、〝あなたは無反応です〟とふざけて見せてはいたけれど、心の底には深い恐怖があったわ。

彼が元気で目の前にいる時でさえ、無反応にならないで、どうぞそんなことが起こりませんように、と願って、願って……。

彼は、そんな私にいつも言ってくれた。〝大丈夫だよ。いつもそばにいるから〟って。

死とは反応がないことだと納得したくないのだと思う。納得したら最後だって思っているのだと思う。

彼はまたここに来るはずだと待っている私がいるの。郵便受けのポストをあけるでしょ、いつも通り。新聞を手に、ちょっと空を見るとね、これから彼が来ると思うの、そう思ってしまうのよ。

今も、体内時計がセットされていて、彼が来る時間を越えると心細くて泣いてしまいそうになるわ。彼がドアの向こうに居ない頼りなさが、自分の居場所のなさ、寄る辺のなさとなって私を取り囲むの……」涙を含んだ彼女の声が、今も耳に残っている。


次のページが浮かび上がった。

読み始めたケイは、唇を噛み今にも泣きそうな顔になったが、自分を抑えるように大きく息を吸い込むと頭を小さく横に振った。パンドラがチラッとケイの顔を見る。


今からでも間に合うといいのにと思うことがたくさんある。チクチクした痛みがいつまでも続き、戻れるものならもう一度戻ってやり直したいと思うことがたくさんある。

新生児の診察をしていた時のことだ。

私の指に、小さな指が絡まった。その瞬間、私は怯《おび》えて、反射的にその指をふりほどいた。「ウワッ」という声が自分から洩れ、鳥肌の立った皮膚が自分のものだとわかった時、「すまない、申し訳ない」という思いが、ザワッと身体を走りぬけた波とぶつかった。

生まれたばかりの子の指が、赤ん坊にしては不釣合いなほど長くて、ヌメッとした感触と共に絡まってきたその指を、私はそのままにしておくことができなかったのだ。

「ごめんね。ごめんなさい。あなたのせいじゃないの。あなたがそうさせたわけじゃない」

私は、この都合のいい言い訳を、何度も何度も赤ん坊に言い続けていた。

私の中に、全てをあるがままに受け入れることを拒むものがある。そのことに気づいてもいる。にも拘わらず、私に触れた人が、「ウワッ」と思うかもしれないとは想像もせず、自分は、いつも、他人に受け入れられると身勝手にも信じている。

子どもを可愛いと思えない。思えなくて苦しむ。この子を、我が子を、受け入れられるだろうか、愛せるだろうか、育てられるだろうかと、苦しむ。自分の子どもは愛して当たり前と言われて、傷つく。

〝母性愛〟ということばや、それを振りかざす人たちに出会うと、何かを無理やり飲み込んだ時のようなとまどいがある。

「ちょっと待ってよ。子どもを可愛いと思うのはあたり前のことなの？」

と思う自分がいる。

他人を受け入れられなくて自分を責めたり苦しんだりする。

「でも……他人を受け入れられないと思うことは悪いことなの？　誰がそう言ったの？」

と思う自分もいる。

そう思う反面、多くの生きづらさを抱えた子どもたちに出会った私は、彼らが誰からも受け入れられ愛され、かけがえのない存在となることを心底望んでいるという矛盾を抱えこんで、身動きできなくなった。

生まれながらに原罪のような存在となった心優しい子
生まれてすぐ未来を奪われ、外の世界と自分を結べなくなった子
生まれて間もなく多くのものを失い、彼女に残った無防備な明るさと無邪気さをそのまま受け止めるほどには成熟していない世の中を、危なっかしく歩むしかない子
大きくなるにつれ、自分と周りを困惑の中に引きずり込み、混沌とした断片の中でただうずくまる存在となった子……

どの子も、覗き込むと、そのまま心が映るような深く澄んだ目をしていた。
そして私は、〝この子らに、世の光を〟ではなく、〝この子らを、世の光に〟と望むだけで、何もしなかった。してこなかった。

「ケイ、あなたの一番の問題は、『私は、何もしなかった。してこなかった』という台詞《せりふ》かしらね……」
パンドラの表情はやるせなさそうに見えた。
とっくに気づいていた。なのに、気づかないふりをしてきた過去の自分が、白日の下《もと》にさらされた気がした。胸を突くパンドラのことばに、ケイは涙ぐみながらも背筋を伸ばして、浮かぶ文

字を読み続けた。

この親子に起こったことは、書き留めるのが精いっぱいだ。

予定日間近の検診で、あと一、二週間で我が子を抱くはずだった母親に告げられたのは、「赤ちゃんの心臓が動いていない」という医師の言葉だった。初めて授かった胎児が、何の前触れもなく突然死んでしまった。忘れることのできないその日が巡ってきた時、今、自分が抱いている二番目の子どもにも必ず何かが起こる、と彼女は信じてしまった。

数年後、子供部屋のベッドの上に、きれいな色で塗られた木製のアルファベットが並んでいる。ベッドに座りこんだその子は、突然、「Xーエックス」と声を出した。

そのあと「あいうえお、かきくけこ……」と五十音を口にし、しばらくして「あかさたなはまやらわ」と言った。

あちらこちらに、絶えず短く視線を留《とど》まらせ続けながらも、その子の目は母親を捉えることなく、まるで何も見ていないかのように母親を通り過ぎる。

しがみつくことはあっても母親を掴まえることを知らず、母親に抱かれるために掴まえられることを知らないその子は、抱きかかえようとするとするりとすり抜け、浮かび上がっては沈み、また浮かび上がるスローモーションの映像のように漂い歩く。ただ、はかなく漂う。

その子と、文字通り、いつも一緒にいる母親が言った。

「私はこの子のことばを知らないし、この子は私のことばを知らないと思うと、どうすればいいのかわかりませんでした……。今でも私は、抱きしめようとした腕そのままの形で取り残されますし、今でも私は、この子が住んでいる世界の外にいるような寂しい思いをします。でも一つだけ……不思議なことに、私と一緒にいることを嫌がっていないということはよくわかるんです。ああ、これがこの子のことばだって思えるようになりました」。

私は、母親の静かな顔を見つめて頷くだけで精一杯だった。


ケイが、二度と立ち戻れない過去から、甦《よみがえ》るように現れる人々を再体験している様子を、パンドラは時々見つめるだけで何も言わない。ケイはもう迷わず浮かんだ文字を読み進む。

次のページの文字を、ケイは懐かしそうに見つめた。この親子をケイはどれほど好きだったことか……。


心洗われる思いで、ノートに記す。

学校でね、この子、ノートを貸してほしいって言ったらしいんです。試験の前の日に……。自分で上手にノートをとれないのでね。そうしたら、クラスメートが、雨の中、家まで届けてくれて……。「貸してしまったらあなたが困るでしょ」って言ったら、「友人だから」と言ってくれたんですよ、その子。「この子のこと、バカにする生徒さんもいるのに……」と言ったら、「おばさん、いろんな人がいるから、みんなを同じに見るのはよくないですよ」って。「はい、その通りです」と思わず言ってしまいました。母親は涙の滲む目で笑った。

この親子が守られているのは、彼らに与えられた賜物《たまもの》によるのだろう。気取りのない純粋さが他人《ひと》を引きつけずにはおかないのだ。

「この子は本当に神様の子です」と母親は言う。合唱部でテノールを歌う、邪気のまったくない笑顔を持つ彼は、そのまま神様の腕の中に飛び込んだ。神様は微笑《ほほえ》んで彼を抱かれた。

あの子は今も歌っているだろう。他人を悪く言ったことのない唇で、他人を蔑んだことのない目で、傷つくことばは、両手で温め包み込んで……。

パンドラは小さく頷くとページを繰った。

「ああ、あの女《ひと》の不思議な目を、今でも思い出すわ」

ケイは独り言をつぶやくと、遠い目をした。ケイをチラッと見たパンドラは微笑んだようだった。

あなたの目が私は好き。

結婚、離婚を繰り返し、狂言自殺を試み、リストカットをし続けた母親がいた。

ほとんど化粧っ気のない顔は目鼻立ちが整い、長く波打つライトブラウンの髪に、印象的なアイメイクがよくにあい、笑うと形のいい唇から白い歯がこぼれた。

彼女は、最初の結婚で一子をもうけ、その子が自分で立つことも話すこともできないとわかった時、夫と別れた。別れた後も、自分より背丈が高くなったわが子を、空疎な笑いを笑うわが子を、本当に可愛がった。時には、上辺だけ、外面《そとづら》だけではないかと疑ったりもしたが、疑ったことを恥じるほど彼女の態度は変わらなかった。どこからその愛が出てくるのかと思うほどだった。この子は、今の夫の子どもではないから、生活一切は私が見るのが当たり前だと言って、その通りにしていた。

私の知る限り、彼女の結婚生活はいつも破局を迎えた。しかし、彼女の場合、離婚は次の結婚の前奏曲でもあった。新しい彼ができると、今度は幸せになる、今度は離婚なんかしないと嬉しそうに話す。しばらくは新しい生活を楽しんでいるように見えるが、そのあとは、まるで定められてでもいるかのように、同じコースを辿る……。

信じて裏切られ、信じて騙《だま》されて……。いや、彼女が裏切ったのかもしれない、騙したのかもしれない。嘘か本当かは、あの女《ひと》しか知らない。

我が子に対する彼女の態度を疑ったように、時には、他人に見せるためのお芝居じゃないかと思ったこともある。もしそうだとしたら、たいしたものだ。けれども、お芝居なら、あんなに自然には振る舞えないだろう、どこかにわざとらしさが見え隠れするだろう。

彼女は、いつも、同じ目をしていた。私にとって、彼女を信じるにはそれで十分だった。会わなくなった今も、幸せに暮らしていていてほしいと願っている。

「この女《ひと》のことも、嫌いになれなかったな」

次のページが浮かび、その最初の一行を読んだケイは、ちょっと笑った。

彼女はとても太っていた。不健康なくらいに。

彼女が人と繋《つな》がるためには、不健康さが必要だった。身体が資本なのだ。太っていることも、手足がしびれることも、歩けなくなることも、手が痛くなって運転できなくなることも、彼女にとっては好都合な資本、大切な宝だ。健康であることや、働くことや、笑顔でいることは、彼女の居場所を奪うものだった。彼女はそのことを知りつくしていた。だから、いつもどこか身体の具合が悪いと言い続け、いつも病院をうろついていた。

人に見せられる資本と、自分にしかわからない資本の二つを、彼女は本当に上手に使い分けていた。自分にしかわからない資本、やる気だとかやれる能力だとかは滅多に出さない。そんなものを見せたりすると、あの人はもう放っておいても大丈夫、と周りの人が自分から去ってしまう……。彼女はそう信じて疑わなかった。

彼女は賢く、その賢さを、だらしなく無能を装うことに費やした。そうしている限り安全だと知っていた。彼女の密かな楽しみは、自分の周りの人を見て、私はあの人より優れている、あの人のやっていることぐらい私にとってはどうってほどのことじゃない、私が本気を出せばあのぐらいのこと……と値踏みをすることだった。

そして、言った。

「そりゃね、口ではやせたいですって言いますよ。でも、やせては存在感がなくなるじゃないですか。やせたらそのことを話題にできないですものね」

彼女は確信犯だ。けれども、その振る舞いは、あがいてもあがいても浮かび上がれない人生を、染みついた劣等感を道連れに、したたかに生きていくための彼女の知恵だ。

私は、なぜかこの女《ひと》のことが憎めず、むしろ、脱帽していた節がある。


ページをめくるたびにパンドラは小さくなっていく。

パンドラは真っ直ぐケイの目を見ると言った。

「あなたが言いたかったことの一つは、悲しみにもいろいろあるということのようね。

誰もが別離の悲しみを味わうけれど、そういった悲しみは、たいていやさしさや慰《なぐさ》めの隣にいるのよ。傷ついたり傷つけたりした時の悲しみは、怒りや罪悪感を抱え込んだり自己憐憫《れんびん》に繋がったりしてしまう。存在する悲しみは……そう、この悲しみは、受け止める覚悟が試されるわね。だから、希望が……」

パンドラは何故かそこでことばを切った。

しばらくの沈黙のあと、パンドラが口を開いた。

「あなた、結構素敵な人たちに出会っているじゃないの」

「ええ、おかげさまで……。ここに書いたのは、ほんの一握りの人たちのことだけれど……」

そう言いながら、ケイは不思議な心の軽さを感じていた。

パンドラが最後のページを読み終えた。と同時に、パンドラは箱から出てきた時と同じ大きさになり、ノートはパンドラの手から長椅子の上に滑り落ちた。

ケイがパンドラをそっと抱き上げた時、誰かが後ろからそっとケイを抱きかかえた。日向《ひなた》の匂いがした。驚いて振り向くと、見知らぬ女性が温かな微笑を浮かべて立っていた。長い亜麻色の髪をスカーフで包み込み、まくり上げた白い洗いざらしのシャツの袖からは、肉付きのいい二の腕が伸びている。膝下《ひざした》で、たっぷりとしたギャザーに切り替わるスカートは、アメジストセージの紫だ。その足元には、野菜や果物など、大地の恵みを一杯盛り込んだ籠が置いてあった。

「いつからそこにいたの？」

とパンドラが聞いた。

「いつも通り、あなたがノートを読み始めた時からですよ。あなたも気づいている通り、ケイはもうたくさんの答えを見つけたようです。それと、パンドラ、あなたはとても素敵でしたよ」

彼女はそう言うと、ケイの肩に手を置いて言った。

「私は〝希望〟です。私はいつだって、未来の扉の横や絶望の隣に座っていて、誰もが私に気づくのを待っています。ケイ、あなたは今、何を私に望みますか？」

化粧気のない滑らかな肌は生き生きと輝き、静かな深さを湛《たた》えた目は、透き通るような青になったり、ぶどう色になったり、時には黒曜石の黒となった。

「あなたが、〝希望〟……。前にも何回かお会いしていますね。あなたの匂いを知っていましたもの……」

ケイは上気した顔で、つっかえつっかえ希望に向かって答えた。

「私の望みは……そう……私の望みは……『強さ』と『やさしさ』です。『強さ』と『やさしさ』を……両手に持つこと……。両手に持つことで、私のことばが生きることです……」

強さとやさしさの二つを持たなければ、自分の弱さを認め受け入れることはできない。自分の弱さを受け入れなければ、他人の弱さを受け入れることはできない。強さがなければ守りきれない。やさしさがなければ抱えられない。この二つを合わせ持って初めて、ことばは生きたものとなり相手に届く、とケイは思い知ったのだ。過去のノートが教えてくれたことだった。

「ケイ、望むこと、そのことこそが希望なのですよ」

希望の声には、温かな中にも凛とした響きがあった。

小さくなったパンドラが言った。

「パンドラママ、ああ、パ・ン・ド・ラ・マ・マって、〝パンドラの箱〟を開けてしまった張本人のことよ。そのパンドラママの名誉のために言っておきますけどね。世間で言われているほどママは愚かではないのよ。誰だって、開けるなと言われたら開けたくなるし、見るなと言われたら見たくなる。覗くなといわれたら覗きたくなるし、触るなと言われたら触りたくなるもの。一体誰が、この世に否定語を持ち込んだのかしらね。ママは箱を開けたことを本当に悔やんで苦しんで……。だから、私たちを、自分の髪の毛から造ってこの世に送り続けているんだわ。厄災の後を、希望と一緒に追いかけなさい、追いつきなさい、追い越して先回りしなさいって……。

それと……希望はね、〝パンドラの箱〟の中で厄災と一緒にいたの。だから、出て行ったすべての厄災をしっかり見届けた。追いかけ、追いつき、先回りするためにね」

言い終わらないうちに、パンドラの輪郭は曖昧《あいまい》になり、ケイの両手はパンドラを抱いたままの形で残った。

気づくと、部屋にはケイ一人しかいなかった。

手元に残ったノートは、もう、見たくない、閉じ込めておきたいノートではなくなった。

「希望と一緒に追いかける。追いつく。追い越して先回りする……か……。ああ、私のことばが、誰かを追いかけ、追いつき、先回りして、その人の心に飛び込むとしたら……。これこそ私の希望、私の望みだわ。それにしてもパンドラって、生意気で憎めなくて、本当に可愛かったな」

ケイはそうつぶやくと、灰色のノートの表紙に大きく書き記した。

「ここに　強さとやさしさを　ことばにして記す」

ケイが書き終えたとたん、灰色の表紙はケイの心を映すかのように真っ白になった。

「まあ、何て素敵なの！」

思わず抱きしめた腕の中で、真っ白なノートの表紙は柔らかな桜色となった。

ケイは、ノートに話しかけた。

「あなたにお願いがあるわ。その時々の心の色を映してくれるのなら、四季折々の花の色、それから……雨の音や雫《しずく》、果てしない空、湖水の色、虹……。ああ、何と言っていいのか分からない……」

ケイの目に涙が溢《あふ》れた時、見知らぬ町とその地図が、ノートの表紙に滲むように浮かび上がった。

「ここに行け　集会に出るべし」

居間で電話が鳴っている。書き物机の上にノートを置き、急いで階段を下り受話器を取ったケイの耳に、深々としたアルトの声が届いた。一年ほど前にパートナーを亡くした彼女からだった。

ケイは全神経を集中した。

「あなたの時間を少しいただいてもいいかしら。不思議なことがあって、あなたに聞いてほしくて……。

彼と私、出会ったときにね、不平の多い人生を送るのはやめようって話しあったことがあってね。他人を批判し続けて人生を送る人を見るとすごく嫌でしょう？　批判するって、ほめるよりウンと簡単なのよ。だから、一緒にいる時に、肩をトントン叩きあったり、頭をなでっこしたり、お互い背中に手を置いたりしようねって決めたの。不平が消えるおまじないよ。そうすると、自然に優しい目で相手を見ていて、何だか優しくなれるの。おかしいでしょ？　でも、実際に、そうしたり、してもらったりすると、泣けてくることもあったわ。

そのことを急に思い出したら、私、『笑顔と、ありがとうと、大丈夫よ』を彼に送り続けようと思った……。祈れば彼に届くって思えたのね。でも、私はすぐに弱音を吐きそうだから、どうぞ応援していてください、そして、私にも、あなたの『笑顔と、ありがとうと、大丈夫』を送り届けてくださいってお願いしたの。まだとても難しいけれど……。でも彼は、いつも私のそばにいて話しかけてくれていると思ったら、かじかんだ小さな心をほどいて素直に周りを見つめたり、毎日の生活の中にある小さな感謝をいつも忘れないようにしたいと思った。あなたにこうして電話をかけて話を聞いてもらえるのだって、ほんとにうれしいことだもの。

実は、こんな電話をしたのはね……。昨夜のことなんだけど……長い亜麻色の髪に白いシャツと赤紫のスカートの女性が夢に現れて……。彼女の深く静かな目は、透き通るような青になったり、ぶどう色になったり、時には心を見通すような黒となったわ。そして、悲しみに沈みこんだまま立ち上がろうとしない私を、そっと抱き寄せてくれた。

目が覚めた時、周りの世界に色があることに気づいたの。それは今も続いていて、これからもきっと続くと思う。そのことをあなたに伝えたくて……」

〝希望〟だ。

〝希望〟が彼女に追いついたのだ。そして、彼女は〝希望〟に気づいた。

ケイは、鳥肌が立つ思いで彼女の話を聞いていた。

2　ことばファクトリー

ノートの表紙に浮かび上がった、**「ここに行け　集会に出るべし」**の文字と地図を毎日眺めながら、ケイは、地図が示す場所にはどうすれば行けるのだろうと思案していた。というのも、地図には、地名らしきものは何も書いてなかったからだ。

辛夷《こぶし》の蕾《つぼみ》がようやくふくらみ始めた春もまだ浅い日、ノートに、**「裏表紙を参照すべし！」**という文字が、突然現われた。はやる心を抑えて見た裏表紙には、旅程、すなわち、出発日時、空港名と便名、乗り継ぎ空港名と便名、搭乗時刻、予約するホテル名が浮かび出ていた。

ノートが指示した当日。

スプリングコートの襟《えり》を立て、緊張した面持ちで空港に向かうケイの姿があった。

落ち着かない様子で飛行機の座席に座ったケイは、旅程表を何度も確認しては短い乗り継ぎ時間に気を揉《も》んだ。ようやく着いた目的地の空港では、入国手続きに手間どった。そして、何とか辿《たど》りついたタクシー乗り場でスーツケースを預けると、そのまま倒れ込むようにタクシーに乗り込んだ。

「鉄道の始発駅まで……」

ケイは、乾いた唇で、小声で、行き先を告げた。大時計が正面に嵌《は》め込まれた、高い天井と大理石の柱をもつ広々とした駅で切符を買い求め、ケイは列車に乗ると窓際に座った。車窓を流れていく淡い春を、心ここにあらずといった様子で眺めながら、いくつかの駅を通り過ぎた列車が、次に止まる駅の名前を短くアナウンスした時、ケイの鼓動は早くなり手の平には汗がにじみ出た。列車が停まり、ケイは、スーツケースと共にこの小さな町に降り立った。

こぢんまりとした美しい街だ。

朝から降っていたらしいミストの雨に木々が白く煙り、家々の出窓を飾る豊かな花が見事だ。霧のような小雨は、濡《ぬ》れるとは思えないほど細かいのに、いつのまにかすっぽりと濡れそぼつ。この雨が、出窓の花を、吊り花を、鮮やかに美しい色へと育てるのだろう。

予約を入れてあった小さなホテルは、若夫婦が切り盛りしているようで、二人が醸《かも》す居心地の良さはケイの緊張をほぐしてくれるのに十分だった。正午までには二時間あまりあった。案内された部屋は暖かく、ベッドに身体を投げ出したケイはそのまま心地良い眠りに落ちた。

元気と落ち着きを取り戻し、昼食に、サンドイッチ、チーズと薄切りメロンの生ハム添え、オリーブオイルの香り立つサラダに熱いお茶をゆっくり楽しんだケイは、ノート片手に、雨の止んだ通りへと出かけた。

ノートの地図を頼りに、いくつかの角を曲がり、何度も道を横切り、尋ね当てたそこは病院だった。アイボリー色の瀟洒《しょうしゃ》な三階建ての建物は、古さがある種の趣《おもむき》を添え風格のある佇まいだ。新芽の煙る色を身につけた木立がある。

「ここに……一体何があるというのかしら……？」

いぶかるケイに、病院案内図の横の小さな掲示板が目に入った。そこにはこう書かれていた。

「集会は　今夜です！」

日暮れまでには時間があった。

いったんホテルに戻ったケイは、夜の寒さに備え身支度を整えると、頃合いを見計らって再び病院へと向かった。昼間の彩《いろど》りを失った建物は夜に静まり返り、灯《あか》りが漏れる二、三の部屋から、忙しく動いている人の気配がカーテン越しに見て取れる。しばらくすると、一つの窓にほの暗い灯りを残し、建物は黒い塊となった。誰かが亡くなったようだ。かすかな祈りの声が聞こえてくる。祈りは深く降りてきた夜に調べとなって流れた。

ふと人の気配がしたと思うと、どこからともなく七、八人の人が集まってきた。ケイは息を殺した。彼らは軽くハグしあうとすぐさま円陣を組み、円陣の中央に片手を伸ばし、手と手を重ね合わせた。奇妙なことに、もう一方の手には箒《ほうき》と塵《ちり》取《と》りを握っている。もっと奇妙なのは出で立ちだった。彼らは一様に、とんがり帽子のような黒い頭巾をかぶり、肘から上がプックリと膨れた細身の長袖と、ゆるやかな襞《ひだ》が床に触れんばかりの長い裾《すそ》を持つ黒い服を着込み、服の上には、カンガルーの袋のような、大きな前ポケットのある白い胸当てエプロンをつけている。

円陣を組んだあと、いかにも目立つその服装で、彼らは音も立てず、誰にも怪しまれず、ほの暗い灯りのついている部屋に入っていった。ケイは慌てて彼らの後を追った。

亡くなった人のベッドの傍《かたわ》らには、おそらく一晩中祈り続けたであろう老婦人が、祈りの姿そのままに、背筋を伸ばして生きてきた人の静けさを纏《まと》って眠っていた。彼女は、長年連れ添った夫を懐かしみ、愛おしみ、その記憶の中で一晩を過ごしたに違いなかった。

部屋に入った彼らは静かに床を掃き始めた。掃いては塵取りに受け、それをエプロンの前ポケットに入れている。床にゴミはない。塵一つ落ちていない。それなのに、彼らのポケットは見る見るうちに膨れていった。ポケットがこれ以上膨れないほど膨れた頃、彼らの仕事は終わったようだ。

「そろそろ終わりですね」

メンバーの一人が言った。

「この人はよい人生を送ったようだね。自分にとっても他の人にとっても……」

別のメンバーはそう言うと深々と息を吸い込んだ。

「ああ、そのようですね」

「ポケットがとっても温かいですものね」

彼らはお互いに微笑《ほほえみ》を返し頷《うなず》き合った。

「さあ、帰りの呪文を唱える時間だ」

黒い服を着た人たちは部屋の真ん中に集まると、再び円陣を組んだ。その中の一人が右手の人差し指を高々とあげ、残りの人たちはひざまずき頭を垂れた。

「任務完了。私たちをしかるべき所へと導き給え。**ことば　言の葉……**」

一部始終を見ていたケイは思わず声をあげた。

「皆さんは何をお掃除していたのですか？　エプロンのポケットには何が入っているのですか？」

黒い服の人は驚く風もなくケイに答えて言った。

「ことば、この人からこぼれたことばですよ」

「ことばですって？」

「そう、この人が生きている間、この人の中で生き続けてきた思いやりに満ちたことばです。彼が亡くなって、ほら、こんなにたくさんのことばがこぼれ落ちた。ことばはこぼれたままにしておくと、やがて死んでしまいます。私たちは、残された人たちに届けることばを集めているのですよ。」

「ことばはどこにいくのですか？　行くところがあればことばは死なないのですか？　そういうところがあるということですか？　あるのなら私を連れて行ってください。お願いです。私をそこに連れて行ってください！」

黒い服の人はしばらくケイを見つめていたが、自分のエプロンを外すとケイに手渡した。

「さあ、エプロンをつけて。ポケットのことばをこぼさないでくださいよ」

そう言うと、ケイを抱きかかえるように、黒い服にすっぽりと包み込んだ。

「任務完了。私たちをしかるべき場所へと導き給え」

そして、続けた。

「ことば　言の葉　言霊《ことだま》　漲《みなぎ》るもの　埋《うず》めるもの　満ち満ちるもの
我らと共に　ことばよ　飛び立て！」

黒い服の中は温かく、落ち葉の匂いがした。ケイは安心しきった幼子のようにまどろんだ。

「着きましたよ。ここが、〝ことばファクトリー〟です」

〝ことばファクトリー〟、あるいは単に〝ファクトリー〟と呼ばれるこの場所は、漣《さざなみ》の立つ水面に光の粒子をばらまいたような不思議な色と、まどろむように流れる静かな音に満ちていた。

「さて、私たちの集めてきたことばを袋に入れましょう」

黒い服の人たちは、大切なものを扱うように、ポケットのことばを一つの真っ白な袋に入れ始めた。

「あなたのエプロンのポケットのことばも、この中に入れますからね」

とまどうようなケイの表情に、黒い服の人は微笑《ほほえみ》を浮かべて言った。

「ここは、〝ファクトリー〟です。〝ファクトリー〟というからには、何かを作り出しているイメージがあるでしょう？　そう、ここで私たちは〝ことば〟を生み出しています。生きたことば、生きて働くことばをね。驚いておられますね。無理もありません。私もここに初めて来た時はあなたと同じでしたから……」

少し離れたところに、大きな白い袋を抱え、目を閉じた男性がいる。彼は、透き通った、それぞれに違う光を放つ袋に取り囲まれるように座っていた。黒い服の人は彼の前に歩み寄ると、真っ白な袋をそっと彼の足もとに置き、ケイの背に手を当てて言った。

「私たちが集めてきたことばです。それから、この女性を今日〝ファクトリー〟にお連れしたのですが……この方に〝ファクトリー〟の話をしてくださいますか？」

そしてケイに向かって言った。

「彼は、〝ファクトリー〟の〝源《みなもと》〟です……」

〝源〟ということばの意味がわかるのに、そう時間はかからなかった。彼の手には、釘で打たれたような傷跡があったのだ。

男性は目を開けると、深い眼差《まなざ》しでケイを見た。慈しみに溢《あふ》れ、心の底まで届くような目だった。

「あなたが〝ファクトリー〟に来られたことをうれしく思いますよ」

と彼は言い、〝ファクトリー〟の仕組みをケイに話してくれた。

〝ファクトリー〟には大きく五つの部門がある。

ことばを集め〝ファクトリー〟に運ぶ部門。

ことばを、大きさ、重さ、形、色、輝きなど、それぞれの働きによって分ける部門。

ことばを、ほどいたり、削ったり、磨いたりする部門。

ことばを届ける部門。

それと広報部門。

ここに来た人たちは、その時々の気持ちによって、どの部門を選んで働いてもいいし、何もせずくつろいでも、それはそれで構わない。

ケイが尋ねた。

「それでは、黒い服を着た人たちは、亡くなった人のことばを集めてここに運んだということですか」

「その通りです。ことばの集め方は人それぞれですが、今日あなたがごらんになったように、亡くなった方々については特別です。この世界は、亡くなったものと生きているものとでできていますから、亡くなった人からこぼれ出た、その人の中で生きて働いていたことばを拾い上げて集めるのは、私たちの大切な仕事です。亡くなった方が忘れ去られないで、その人を愛し悼《いた》む人の中にいつまでも生き続けるようにと、私たちがことばを集めて残された人に届けるのです。黒い服を着て正装するのもそうした気持ちの表われですからね」

男性は続けた。

「あなたがここに来られる前、私がしていたことをお話しするとしましょう。

黒い服の人たちは、ポケットのことばを真っ白な袋に入れて私に渡しましたね。私は、みなさんが集めたり持ってきたりして下さったことばを、それぞれの働きによって分けるのです」

彼はそういうと、真っ白な袋を、胸の前で腕をクロスするようにして抱き、静かに目を閉じた。するとことばは、あるものは点滅し、あるものはなびくように、様々な光を放ちながら、まるで行先を知っているかのように、自分の放つ光と同じ色の袋の中に吸い込まれていく。そして、それに応じるかのように、真っ白な袋は次第に小さくなり、彼の腕の中に消えていった。

「ことばはそれぞれの色を持っているのですが、いろんなことばが混じっている間、袋は白いままです。私は、白い袋の中のことばに、祈りを通して命を与え、ことばに命じて、それぞれの働きに応じた袋に導きます。同じ色のことばが集まると、このように袋もその色に光ってくるのですよ。この桜貝のようなピンクの袋にはやさしさが、この若葉のような袋には初々しい希望が、こちらの灯台の灯のような袋には小さな勇気が……といった具合です。どんなことばが入っているのか一目でわかるでしょう？　ですから、そのまま磨き部門に渡すことができます。

けれども、固い結び目があって塊になっているものや、ごつごつした石のようなことばは、まず磨き部門でほどいたり削ったりして、その中に埋もれていることばを取り出し、それから私の所に運び込まれ、私が命を吹き込んだあと、もう一度磨き部門に出すことになります」

横で聞いていた年老いた男が言った。

「このお方は、ことばをそれぞれの働きで分けるのだと、何でもなさそうに言っておいでだが、ここでは一番大切な仕事だよ。愛と許しを知っていなさるこの方にしかできない相談だ。ことばに命を吹き込むのだからな。わたしは磨き専門でやっているが、命を吹き込まれたことばは、磨くともっと透き通って、もっと軽くなって、もっと届きやすくなる……。磨き甲斐《がい》があるというものだ」

年老いた男と一緒に働いていた、ふっくらとした笑顔の女性もことばを添えた。

「私も、ほどいたり磨いたりが好きでやっていますが、ここに来る皆さん方は、ご自分や、他の誰かさんの重荷も持ってこられるでしょう？　重かったり、冷たかったり、固かったり、鋭くて相手に怪我《けが》をさせそうだったりすることば……。そういったことばを、ほどいたり削ったりしたあと命を吹き込んでいただいて、もう一度磨くんですよ」。

「私もここで、皆さんとことばを磨きたいです」

ケイは心からそう言うと、〝源〟といわれている男性に尋ねた。

「私は黒い服の方々にお願いしましたが……どうすれば、ここに来ることができるのですか？　誰でも来ることができるのですか？　どうすれば、来たいと思う時に来ることができるのでしょう？」

「もちろん、誰でも願えばここに来ることができますよ。深く願えばね」

と彼は答えた。

「ああ、〝希望〟が言っていた通りだわ」

ケイは思わずつぶやいた。

「ここに来るきっかけについては、私ははっきりした答えを持っているわけではありません。個人的な体験そのものが、ここに連れてくる、ここに導く、と言えばいいのかもしれませんね。あなたがここに来られた時のように、呪文を唱えるのは一つの方法です。音や色や文字に願いをこめても来ることができます。音楽は生きたことばでしょう？　音はことばとなって響き合いますからね。絵画や造形も同じです。その人の思いや願いが、あなたに届くのですから……。ことばの力を信じる文学は言うまでもありませんね。こういった人たちはここに導かれているはずですよ。

ここのメンバーは人間だけではありませんから、その場合には登録制があります。ちょっとした審査が必要となりますが……。人間であろうとなかろうと、特殊技能を持っている場合、〝ファクトリー〟は歓迎していますよ。例えば、固い結び目をほどくとか、ごつごつした石を割らずに削るとか……。このご婦人が言っておられたように、〝ファクトリー〟に持ち込まれることばは、大半は辛い記憶の中のことばです。いろいろな感情がもつれ合い、固い塊のようになった結び目をほどくには、技術と投げ出さない粘り強さが必要です。力でほどけるものではありませんから。

ごつごつした石は、石の真ん中に一つのことばが埋もれています。その人の中で生きて働くはずだったことばです。割れないように石を削ってそのことばを取りだす作業は、埋もれてしまったことばへの痛みと愛がなければ、続けることは難しいかもしれませんね。

あとは……そうそう、ここのメンバーが連れてくることも多いですよ。あなたのように一度ここに来ればメンバーに加えられますから、そのあとはいつでも来ることができます」

ここに、いつでも、来ることができる！

ケイは喜びに満たされた。

彼は更に言葉を継いだ。

「屈託《くったく》のない子どもたちの歌声、笑い声はことばの中でも宝物です。だから子どもたちは、〝ファクトリー〟に来ることができます。〝ファクトリー〟の広報部が毎年出している募集に応募さえすればね。夢の中で、ことば配達員さんになるのですよ。心の通い合った動物たちはもちろんメンバーに加えられています。それと、忘れてはならないのが、〝ファクトリー〟の主要メンバーのひとつ、〝光の子〟たち……」

「〝光の子〟たち……？」

ケイはおうむ返しに聞いた。

「ええ、そうです。彼ら、光の粒子は、〝ファクトリー〟の重要なメンバーです。〝光の子〟たちは、ことばを掴《つか》まえ、輝かせ、人々の周りをそっと取り囲みます。

あなたは気づいたことがありませんか？　何かにフッと呼ばれたこと、何かが聞こえたこと、何かに満たされたこと……」

先ほどの女性が遠くの山を指さした。

「ほら、あなた、ごらんなさいな。あの山から〝光の子〟たちが飛んでくるのが見えるでしょう？　命が吹き込まれ磨かれたことばを誰かに届けるために、この時間になると飛んで来るんですよ」

そう言うと、山を背にしてケイに言った。

「ずっと向こう、私たちは〝微笑《ほほえみ》の海〟と呼んでいますが、遠くに広がる海が見えますか？

〝光の子〟たちは光る袋の中のことばをつかまえると、海に出るまでに、勇気の谷、強さの森、なぐさめの泉、やさしさの川を通ります。そうすることで、自分が抱えていることばの届け先がわかるんですよ。だから届いた人の中でことばが生きるのでしょうね」

〝ファクトリー〟の後ろに聳《そび》える山々の頂から、小さなラッパを持った無数の〝光の子〟たちが飛んでくる。〝光の子〟たちがラッパを吹くと、光はきらめき雫《しずく》となる。光の雫をふりかけられて、ことばは更に輝きを増す。〝光の子〟たちはいつでも飛び立つ。輝くことばを届けるために……。


ケイはホッと一息つくと、一番知りたいことを口にした。

「ことばを届ける方法は？　どうすれば、届けたい人に届くのでしょう？」

〝源〟といわれる男性は小さく頷くと答えた。

「簡単で難しい、難しくて簡単としか言えない……ですね。ことばが届くときには、きっと、小さな奇跡が起こっているのでしょうね。

届ける方法はたくさんあって、それぞれに違う。自分の好きな方法を選べばいい……とはいうものの、大切にしてほしいのは祈りです。祈りに支えられたことばは届きやすいですから。

深く傷ついたり、自分を責めたり、悲しみの中で生きてきた人たちが、祈りに自分の心を重ねて、今同じように苦しんだりもがいたりしている人たちにことばを送るというのはその一例です。ことばが壊れやすいことはご存じでしょう？　だからこそ、ことばに心を重ね、祈って送り続けることが大切になります。

子どもたちは、ことばを袋に入れて届けることが多いですね。この光った袋から、小さな袋に詰め直すのですよ。

直接手渡すこともいい方法だと思いますよ。それ以外にも、夢の中に、手紙の中に、心通う動物たちに、ことばを託しても届けることができます。自然を味方につけて、〝光の子〟たちにゆだねることもできますし……」

彼はケイを包むような目で見ながら言った。

「〝ファクトリー〟は目には見えません。けれども〝ファクトリー〟は、ここにこうして実在していて、いつも、誰にも、ことばを送っています。いつも、誰にも、語りかけています」

3　夜は強力な接着剤を持っていて

夕闇に昼間の色が吸い込まれていく。夕暮れは色を持ち去ってどこに隠すのか。朝はどこからその色を取り戻すのだろう。色を失った夜は深く長い。

建物も庭も荒れ放題の〝森の家〟に住みはじめた冬、ケイは幾度となく眠れぬ夜を過ごした。夜が明けるのを、まんじりともせず待つ心細さを味わった。眠れぬ夜を過ごすのは人間だけなのだろうか。悲しみに頬《ほお》を濡らす生き物は人間だけなのだろうか。

暗闇が、覗《のぞ》き込んでも計れない静けさをひたひたと運んでくる。何かに周りを取り囲まれ、何かがじわりと押し寄せて来るような夜を、一人で過ごすには勇気がいった。暗闇の中にいると、否とは言わせないとばかりに押し寄せる波に抗《あらが》う術《すべ》もなく、掬《すく》われないようにと立っているだけで、精一杯だった。

夜は強力な接着剤を持っていて、視野を狭くし、一つのことに粘着させる。ぐるぐると堂々巡りに捕まって、悪い方へ悪い方へと考えは落ちていく。

暗闇は、過去を今に食い込ませ、目の前に繰り広げては、ケイの心を支配した。

暗闇の中で、繰り返し繰り返し襲うようにやって来るのは、蜘蛛《くも》の巣に張り付いたように身動きのとれない後悔、自分に唾《つば》をかけるようなかつてのふるまい、心無いことば。

他人は騙《だま》せても自分は騙せない。自分が言ったこと、したことは、自分から離れない。消そうとしても、消えない。消したくても、消せない。

それ以上にケイを苦しめたのは、暗闇になると蠢《うごめ》きはじめる、ケイの中にあって不平不満をいい続けるもの、泣きぬれ、うらやみ、卑屈になりながら傲然《ごうぜん》とするもの……だった。ケイはこれらを扱いかねた。

暗闇に対峙《たいじ》する意志を保つことのなんと難しいことか。眠れぬ夜は明けることが無い、永遠に続くと思ったものだ。けれども、昼の暗闇に比べれば、それなりの装いをしてやって来るだけ、夜の暗闇はまだ性質《たち》がいいのかもしれない。

昼の暗闇に会わないために、夜の暗闇に捕まらないために、ケイは時間の許す限り、来る日も来る日も床を拭《ふ》き、窓を磨き、椅子を繕《つくろ》って……〝森の家〟の手入れに没頭した。

そうして冬をやり過ごし、春を迎え、夏を送り出し、秋が訪れた頃には、カーテンも、壁紙も、調度品も、古い片袖の書き物机も、荒れ放題だった前庭も、〝森の家〟にしっくりとなじんだ。

その頃から、いつの日か、自分のことばが誰かのもとへ飛び立つことを願いながら、パソコンに向かって物語の原稿を書くのがケイの日課となった。

そして、秋も去ろうとしていたあの日、ケイはパンドラと希望に出会い、ノートに導かれ訪れた早春の町で、〝ことばファクトリー〟の黒い服の人たちに出会ったのだ。

「ことばが生きるのは　強さとやさしさに心を重ね　深く願い　望んだときだ」

希望がケイに渡してくれたこのことばと共に、〝ファクトリー〟からひとり〝森の家〟に戻ったケイは、姿勢を正して鏡を見た。そこには、洗われたような表情のケイが、顔を上げ、しっかりとした眼差《まなざ》しで鏡の外のケイを見つめていた。

その夜、囁《ささや》くような声がどこからか聞こえた。

「ケイ、夜を怖がることはない。恐れることはない。想いを巡らせるのによい時だ。眠りは無防備だ。けれども、暗闇に包まれることの心地よさを知っていれば、怖がることはない。恐れることはない。どのように生きても人は傷つく。傷つけられ、傷つける。そのことを知っていれば、それでよい」

ケイは、驚きと感謝をこめて、夜の声を淡い虹色の表紙のノートに記し、続いて次のように書き込んだ。

心を映すこの場所は　野原でもない　花園でもない
私にはふさわしくないと　遠ざけつづけてきた場所だ
今この場所に　光の粉に彩《いろど》られ　淡い光をうけとめた　思いおもいの花が咲く
私は愛しい思いにみたされて　両手をひろげ身をゆだねる

心は溶けだし調和する　豊かにふくらみいきわたる
やすらかさと懐かしさ　しずかな喜び……
このとらわれのなさ　のびやかさは　どこから運ばれてくるのだろう
呼吸が　楽だ
そんなときが　ひそやかに　おしよせる波のように　おとずれるようになった
しあわせと感じる瞬間を　つかまえるのが　上手になったのかもしれない
瞬間が点として固まり　点は線となり　線は面になる
あとは四方にひろがる　ゆらゆらひろがる　消えるようにひろがる　それがいい
しあわせは　広がりの中を　ただ満たしているだけではなく　流れている
私の中の流れでありながら　私は流れの中にいる
おだやかさ　あたたかさ　ゆたかさの流れは　なめらかで重さもなく
色があるのに透明で　しかし密度は液体のそれだ
私が私となる感覚はここちよく　私は私に親しくかけはなれていない
私は包まれていると感じながら　私を包む

楡《にれ》の大木に守られているような〝森の家〟に、ケイが住み始めて二年が過ぎようとしていた。白く青い夕闇が木立に下りてくる道を、〝ファクトリー〟から家路に向かうケイが、黒いマントに白いエプロン姿で足早に歩いている。息を弾ませ踊るような足取りで〝森の家〟にケイが入ると、部屋の灯《あか》りが次々に点り、居間のテーブルにロウソクの炎が揺れた。

ケイが〝夜の声〟をノートに書き込んだ翌日からだった。〝森の家〟は、ケイの帰る時刻を知っているかのように部屋の灯りを点け、ゆらめくロウソクの炎で迎えてくれるようになったのだ。

高い天井と、角度によって光沢が変化するベージュの花柄の壁紙が、明るい中にも落ち着いた雰囲気を部屋に与え、ペンダント形式のシャンデリア、サイドテーブルのスタンド、暖炉の上のランプが、それぞれ違った光と影をつくり出す。格子の入ったガラス窓を覆う、ずっしりと厚いカーテンは夜を遮《さえぎ》り、朝には白いレースとなって光と風を通した。

愛しいものを見るように玄関に続く部屋を眺めながら、ケイは〝森の家〟に話しかけた。

「本当にあなたには感謝しているわ。夜が怖くなくなったのも、夜の声が聴けたのも、あなたのおかげだもの」

ケイが居間に入ると、すわり心地のいいソファーの上で眠っていた黒のラブラドールレトリーバーは、尻尾《しっぽ》を振り腰をくねらせて足に纏《まと》わりつき、青い目を持つ白猫は、ケイの腕にジャンプをして飛び込むと、喉《のど》を鳴らし目を細めた。

ケイを出迎えた黒のラブラドールは、秋を感じ始めた朝、開け放してあった玄関のドアからフラッと入ってきて、そのまま〝森の家〟に住みついた。この黒光りする毛皮と軽快な足取りの来訪者を、ケイは心から歓迎した。

その翌日、庭の真ん中に植えてあるこんもりと繁ったパセリの中に、ケイは、青い目をした白の子猫を見つけた。

あの庭師の言った通りだった。パセリは枯れることもなくケイの背丈ほどに伸びて、縮れた葉はいくつも半球状に重なりあい、まるで小さな森のように、そう、まるで〝パセリの森〟のように育っていた。

白の子猫も、当然のように〝森の家〟に招き入れられた。二匹はたちまち仲良くなった。黒ラブは子猫を気遣い、子猫は黒ラブになついた。ケイは密《ひそ》かに思っている。この二匹は〝ファクトリー〟からやってきたに違いない……。

ケイは二匹に話しかける。

「今日はね、亡くなった方の温かな優しいことばでポケットが一杯になったの。ポケットが少し綻《ほころ》びたほどよ。あなた達にもこの気持ちのお裾《すそわ》分けをしなくちゃね」

白いエプロンと黒いマントを脱ぐと、ケイは二匹のために特別のディナーを、自分にはお茶とデザートを用意した。濃いめの紅茶にミルクをたっぷり入れ、ジャムと生クリームつきスコーンを頬張り、イチジクのコンポートを楽しんだケイは、満ち足りた様子でエプロンのポケットを繕い始めた。

冬と隣り合わせの秋の朝は、遅い。

レースのカーテン越しに、光が、透きとおった波間のゆらめきそのままに、木の葉の影と重なる。重なっては離れ、離れては重なる。

ぐっすり眠ったケイは、ベッドから起き出し窓際に立つと、秋の名残《なごり》を確かめようと窓を開けた。

冬の始まりの白さを帯びた青空に、透けるような朝の月が消えずに残っている。

色を操る光……音を操る風……風に舞う落ち葉……〝光の子〟らのことばがケイを囲む。

胸いっぱいにことばを吸い込んだケイは、簡単な朝食を済ませると、光沢のある、光線の当たり具合で青にも黒にも見える布地のワンピースを着こんだ。袖口をたくし上げるのは彼女の癖だ。

青い目の白猫を抱いたケイの姿が、重い戸の閉まるガチャという音と共に消えたあとを、黒い犬が追った。これ以上は振れないといわんばかりに尻尾を振り、ケイの顔を見上げては吠え、あちらへ行ったかと思うと猛スピードで戻ってくる。ご存じだろうか。犬が極上の笑顔で笑うことを。あふれる陽気さで笑わずにはいられないのだ。

青い目の白猫と黒い犬と共に、ケイは〝ことばファクトリー〟に向かう。

愛する人に、ことばを待っている人に、夜眠れぬ人に、寂しさを抱える人に、祈りで温めたことばを送り届けるために……。

4 動いた歯

〝森の家〟に住む前のことだ。

ケイは、週に一度出かけるT市の病院の診察室で、この母娘《おやこ》と出会った。

一人娘の病気は、俗に「生まれつき」といわれるものだった。

東北地方のこけし人形のような丸い顔に、外を映すだけの大きな目は、何も見ていないことを物語るように見開いたままだ。その目は空をさまよい、母親の目を捉《とら》えることはない。あやしても、ゆすっても、いくら話しかけても、いつも同じ娘の顔がマトリョーシカのように出て来ることに、母親は疲れ切っていた。

月一回の診察日に、娘を抱いて現れた母親はいつもとどこかが違っていた。

どこが違うのだろう……。そうだ、口紅だ。いつもは化粧をしない母親の唇に、赤い椿《つばき》の色がふっくらと置かれている。

椅子を勧めるケイに、立ったままの母親は、上気した頬《ほお》で、光る眼で、紅を引いた唇で、何か言っている。娘を抱きかかえあやす様にゆすりながら、しきりに口を動かしている。ケイに何かを伝えたいそぶりだ。

母親とケイとの間には、手を伸ばせば届くほどの距離しかないのに、なぜか声が聞こえない。ケイは何とか聞き取ろうと母親の口元を見つめる。

話し続ける母親が、突然、口紅をつけた口でニッと笑った。その途端、下の歯が一本押し出されるように動くと、ポロッと抜け落ち母親の手の中に消えた。

母親は何ごとも無かったかのように、聞こえない声で話し続ける。抜けた歯の隙間《すきま》に、彼女の心が見えた。

周りの好奇の目に傷つきながらも、彼女はやさしく忍耐強かった。

噛《か》むことを知らないわが子に日々食べさせ、オムツを換え、身体を洗う。自分がいなければ生きていけないわが子を、ただ世話するだけの日々を積み上げた。添い寝をしながら、わが子の身体の温かさを確かめ安堵《あんど》する。その繋《つな》がりだけが彼女を支えてきた。わが子の目の奥に、母親である自分を捉える光があるかもしれないと、かすかな揺らぎも見逃すまいと、淡い期待を持って日々空疎な目を覗《のぞ》き込む。

彼女は、この危ういバランスがいつか必ず崩れ去ると気づいていた。だからこそ、胸の奥に澱《おり》のように沈んでいるものから目をそらし、気づいていないかのようにそっと生きてきたのかもしれない。

「あなたは生まれたくなかったでしょうね。でも、私はあなたを産んでしまった。あなたの望みも何もわからない私は、あなたのママにはなれない。あなたの愛し方がわからないの。産まなければあなたも苦しまずに済んだのに……」

呻《うめ》くような声が抜けた歯の隙間から漏れた。よどんだ澱の中に深く沈めた母親の声だった。

母親の声に応えるように、突然、やさしく澄んだ声が聞こえた。

「私はあなたの子どもでよかった。あなたはとても温かい。私がマトリョーシカのままでいることを許してくれた。私を産んだことで苦しまないで。もう苦しまないで……」

母親は伝い落ちる涙をぬぐおうともせず、娘を抱き寄せると頬ずりをした。

母親と娘の二つの声がこだまのように響き合ったその時、ケイは、母親の手が一瞬娘の口を覆い、白く光るものが娘の口に吸いこまれていくのを見た。

娘の顔はみるみる蒼白となり、見開いた目は光を失った。と同時に、娘を抱き、頬を寄せていた母親の動きも、ふつりと止まった。

娘を抱き寄せたまま動かなくなった母親の声が聞こえた。

「この子は、私の娘であることを許してくれた上、私を受け入れてくれました」

声が波紋のように広がり消えて行く頃、母親の顔に、不思議な安堵の表情が浮かんだのをケイは見逃さなかった。

全てが静止した時の中で、蒼白となった娘の頭に、白く光るティアラがゆっくりと滲《にじ》み出るように浮かび出た。ティアラの真ん中に嵌《は》め込まれた大きな真珠から出る光は、真綿のようなヴェールとなり二人を包んだ。一部始終を見ていたケイは、母親の歯が娘の息の根を止め、そのあと真珠となったのだと確信した。

止めていた息をフッと吐き出すように、時が再び流れ始めた。

知らせを受けて駆け付けた警官に、ケイはここで起こった出来事を、何度も話さなければならなかった。けれども、母親と娘の会話についても、娘の口を覆うまでは母親の手に握られていたはずの、抜け落ちた歯が消えてしまっていることも、娘の息が止まったあと、その頭にティアラが滲み出たことも、黙っていた。

一部始終を話したとしても、警官は頭から信じなかっただろう。

ケイは、ティアラが空から降りてきて娘の頭を飾ったとき、すべてが始まりすべてが終わったのだと繰り返した。

「なぜ天からティアラが降りて来たかですって？　さっきもお話した通り……私にも何が何だかよくわからなくて……」

ティアラが、娘と一体になってその頭に嵌まり込んでいるのを確かめた警官は、ケイの話を信じられないと言いつつ信じたようだった。

町の人々は、彫像のように動かなくなった母親と娘を見て、口々に言った。

「これは奇跡だ」「まるで聖母子像のようだ」

彼らが、この二人を、「愛の母子像」と呼ぼうが、「聖なる母子像」と呼ぼうが、観光に利用しようが、ケイには関係のないことだ。実際、この二人は町のシンボルとなり、今に至るまで多くの人々を引きつけている。

ティアラが娘の頭に滲み出た時間になると、人々が「慈愛の涙」と呼んでいる、母親の目にうっすらと浮かぶ涙を、ケイは複雑な思いで眺めるのだった。

〝ことばファクトリー〟を訪れるようになったケイは、ある日ふと思い立って、数年ぶりにT市を訪れた。この町でケイはあの母娘に出会った。「愛の母子像」、「聖なる母子像」と呼ばれ、町のシンボルとなっている母娘のことだ。

あの時以来、母親の声がケイに忘れられない影を落とし、母親の目に浮かぶ涙がケイから離れることはなかった。なぜなら、母親の流す涙は、人々の言う「慈愛の涙」でないことだけは、はっきりしていたからだ。

ケイは痛ましい思いで母子像を見つめると、そっと語りかけた。

「あなたがしたことは、とっくに許されていると思うのよ。娘さんの満ち足りた顔が何よりの証拠だわ。もう贖罪《しょくざい》の涙を流すのはやめて、娘さんのためにも微笑《ほほえ》んであげて……。そうすれば、あなたの望みはまことになり、あなたの祈りは歌となるはずよ……[*]」

かつてのケイには聞こえなかった母親の声が、聞こえたような気がした。

＊『讃美歌』（日本基督教団出版局）讃美歌三三六番―三番

5　芋虫と少女

六月、〝森の家〟の庭は紫陽花《あじさい》の季節を迎えた。

ケイはテーブルクロスを青い布に換え、白い花の房を飾ろうと庭に出た。

ケイの庭の紫陽花は、スノーボールという種類だと聞いていたけれど、紫陽花とスノーボールはどうやら違うものらしい。庭のスノーボールは、星の形の小花が小さな房を作り、小さい房がいくつも集まってブドウのように垂れ、房は重なり厚みを増すと、その先に薄い緑の名残《なごり》を残して白のグラデーションを形作っていた。花の重さでたわみそうな枝を地面に置き、あと一枝と手を伸ばしたケイは、思わずビクッと身体を震わせ悲鳴をあげた。その場に凍りついたように立ちすくんだケイの目は大きく見開き、その先にかすかに動くものを捉《とら》えている。白い花の房に隠れるように丸い顔が見える。それはまぎれもなく人の顔、あどけなさの残る少女の顔だった。首から下は布をぐるぐる巻いた芋虫のようで、手足のない胴体がスノーボールの枝にべったりと張り付いている。

半分閉じた目には腫《は》れぼったい瞼《まぶた》がかぶさり、緩慢で物憂い動きで顎《あご》を上げると、芋虫は流し目でケイを見た。

唐突に芋虫が口をきいた。

「ニンジン抽出液って、ニンジン中絶液のこと？」

「えっ？」と思わず聞き返したケイに、

「お母さんが、ニンジンは栄養あるから食べろ食べろって、うるさいの」

芋虫は物憂げにそう言うと、ゆっくり首を横に振った。

「あなたはずっとここにいたのかしら……」

ケイはかすれた声で聞いた。

「もっともっと小さい頃からここにいたの。ずっとここにいなさい、ここにいるのが一番安全だからって、お母さんが言ったの。ここにいれば手も足もいらないでしょって、私の手も足もお母さんが片付けちゃった。ここから出ていくとお母さんのように悲しいことになるよって。じっとここにいてしっかりニンジン食べなさいって。でも、ニンジンはもううんざり。もうたくさん。飽きちゃった」

「ねえ、さっきのニンジンなんとか……中絶液だったっけ……それって何のこと？」

「お母さんが言ってたの。昔、その何とか液でひどい目にあったって。そんなものが私に必要になったりしたら、お母さん、死んだ方がましなんだって。だから私に、ここを離れてはいけないよって言うの。約束したよ、私。お母さんのこと……大好きだから……ね。ここに……いるよって……約束した……」

ゆっくり首を振りながら芋虫は続けた。

「でも……嫌いになりそう……」最後のことばを、芋虫はむせながら言った。

突然、芋虫少女の顔に別の少女の顔が重なった。なぜ唐突にその少女のことを思い出したのかわからない。芋虫少女もその少女も、どちらも蜘蛛《くも》の巣にひっかかって身動きができなくなっているように見えたからかもしれない。

ケイはいつも、償《つぐな》えない思いでその少女のことを思い出す。

少女には妹がいた。その妹の主治医がケイだった。

少女は、母親の愛が自分に注がれない理由《わけ》を知っていて、仕方のないことだと無理に自分を納得させた。

「妹が病気で、お母さん大変なんだもの」

事実、妹は入退院を繰り返した。少女は何年も、何も言わずに、待った。

おとなしく控えめな、誰にでも笑顔を向ける子どもだった。笑っていないと寂しいと言った。待つことに耐える日々が積み上げられ、寂しさを自分で埋める術《すべ》を持つには幼かった少女は、愛を求める相手を間違えた。望まず、望まれない子どもを宿したのだ。少女は深く傷ついた。

そんな少女にケイは言ったのだ。

「あなた、変わったわね」

少女はうつむいたまま呻《うめ》くようにつぶやいた。

「私は少しも変わってない……」

ケイは激しく後悔し、自分を呪った。少女が一番心細く情けないとき、一番絶望しているときに、何という心無い言葉を浴びせたのだろう。守るどころかズタズタに切り裂いてしまった。取り消せるものなら取り消したかった。言い直せるものなら言い直したかった。

そっと触れたケイの手を身悶《みもだ》えしてふりほどくと、少女の口から嗚咽《おえつ》が漏れた。少女からこぼれ落ちてくる屈辱、怒り、あきらめ、悲しみを、ケイは手に受け飲み込んだ。最後にこぼれ出た絶望を口に含むと、ケイは何も言えずその場を離れるしかなかった。

「あなたの言うとおりよ。あなたは少しも変わっていない」

〝ことば〟を持たない自分の貧しさを思い知ったケイは、心無いことばを遠ざけ、生きたことばを話す術が欲しいと願わずにはいられなかった。

それからずっと、あの少女はケイの中にいる。おとなしく控えめだけれど、芯の強さを秘めた少女がケイを真《ま》っ直《す》ぐ見つめている。

「でも……嫌いになりそう……」

芋虫の半分閉じた目の奥が仄《ほの》かに揺らめいた。

次の瞬間、折りたたまれていた芋虫の首が、それまでの緩慢で物憂い動作からは想像もできないほどの素早さで伸びたかと思うと、アッと思う間もなくケイは飲み込まれ、芋虫の中に消えた。

空洞が螺旋《らせん》のように続いている芋虫の身体の中を、ケイは、ぐるぐるぐるぐる回りながらどこまでも落ちていった。ようやく落ちることを止めたのは、そこが行き止まりだったからだ。

螺旋に続く形で膨らんだ小さなその部屋で、顔色の悪い小柄な中年の女性が椅子に座り、大きな鍋《なべ》をかき混ぜていた。女性は手を休めることもなく、滑り落ちてきたケイを暗い沼のような目で見た。

ケイはしばらく口もきけずにいたが、息を整えると、精一杯微笑《ほほえ》んで言った。

「お嬢さんのお母さんですね。そして、それがニンジン抽出液……」

それから一息ついて言った。

「彼女に手と足を返してあげてくださいな」

あきらめを背負って生きてきたような女性の顔に、恐れが浮き出た。

長い間、険しい顔で鍋を見つめていた女性は、突然立ち上がると叫ぶように言った。

「何も知らない他人のあんたに何がわかるって言うの？　私と離れてあの子は大丈夫だとでも言いたいの？　一人で歩けるとでも言いに来なさったの？　あの子には私が必要よ。私がいないと何にもできやしない。それに、あんたが言うようにあの子に手と足を持たせて……あの子がいなくなったら……私は一体どうなるわけ？」

最後の言葉をつぶやくように言うと、女性は両手で顔を覆った。

ケイの目が潤《うる》んだ。

「親ならそう思うわよね。本当に心配だもの。でも、あなたはもうわかってる。この時が来るってとっくに知っていたはずだわ。あなたが手と足を返さなければ、彼女はあの姿のまま永遠にあなたから離れてしまう。枝から離れようとして鳥に見つかりついばまれるか、枝から落ちてお掃除虫に食べられるかだわ。枝から離れたら、あなたの栄養満点のニンジン抽出液も届かないかもしれない。運よく生き延びたとしても、誰の目にも芋虫としか見えないもの、芋虫と心を通わせたい人ってほとんどいないと思うのよ。手と足を返さずに、彼女の凍りかけた心を溶かすのは本当に難しいと思うの」

苦悩の表情を浮かべてケイを見据えていた母親は、椅子に力なく座りこむと、うなだれたまま動かなくなった。この女性の半生も決して平坦ではなかったことは、やつれた顔色の悪さが物語っていた。

「お願いが一つ、質問が一つあるのですが……」

居心地の悪い沈黙を破ってケイが口を開いた。

「ニンジン抽出液を私にも飲ませてくださいませんか？　それと、どうしたらここから出られますか？」

それからあとのことは、ケイにとっていいことと悪いことがあった。いいことは、ニンジン抽出液はすこぶる美味だったこと、悪いことは、脱出法が一つしかなかったことだ。ケイは定められた出口から文字通り排出されたのだった。

どれぐらいの月日が流れたのだろう。

ある日ケイは、長い髪をなびかせ凛《りん》とした面持ちで街中を歩く、かつては芋虫だった少女を見かけた。見違えるように美しくなった少女の後ろ姿を、ケイはまぶしくも頼もしくも見送った。

6　小さな勇気

小さな命が消えた。

喘《あえ》いで喘いで、息ができなくなって、泣くことも動くこともしなくなったその女の子を、母親はそばで見ていた。そう、ずっと見ていた。何もしないで……。女の子の心臓は、動くことを止めた。病院に担ぎ込まれたときは、すでに遅すぎた。

「私の人生は私のもの。私に返して。私に返して……」

と言うには、女の子はあまりに幼かった。前もって自分の身に起こることがわかっていたなら、女の子は何と言っただろう。何と言いたかっただろう。

葬儀のあとで父親が言った。

「家内が、もう少し早く気がつけばよかったたって言うんですよ。もう少し早くったって、実際その時そばにいたんですよ。私が帰ってきてから医者に連れて行くつもりだったたって……。その結果がこうだというのなら、命がいくつあっても足りませんよ。そう思いませんか?」

悲痛な、絞り出すような声だった。ケイにも、やりきれない思いが残った。

一年が過ぎ、日々の忙しさが、ケイから亡くなった女の子を遠ざけ、次第に出来事の輪郭が薄れかけたある日、突然母親が訪ねてきた。

彼女は変わっていなかった。洗いざらしの木綿《もめん》のシャツも、化粧っ気のない浅黒い皮膚も、以前と同じだ。

「ああ、この人の歯の色は、前と同じだ」

つややかな淡黄白色の歯が口の動きにあわせて光る。贅沢《ぜいたく》とは程遠い、お金があったとしても無駄使いはしそうにもない、彼女の固さと潔癖さのようなものがこの歯の色ではないか、とケイはいつも歯を見ていたような気がする。

「それはそうと、この人の名字、何て言ったっけ……」

ケイは彼女の姓を思い出そうと焦った。思い出せそうで、思い出せない。

ケイの当惑をよそに彼女は言った。

「うちの人が、あの子の一周忌だから、お世話になったお礼を言って来いって言うから……」そして続けた。「私のような性分は損だわ。人とうまくやっていけなくてさ。仕事もやめたよ、長続きしなくてね」

ケイは彼女の言った、「うちの人がお礼を言って来いって言うから……」に引っ掛かっていた。「他人《ひと》のせいにするとその時は楽よね……。でも、そうしてきたことが、あなたの人生を引っ掻《か》き回したのでしょ」

そう思ったケイは彼女に掛けることばが見つからず、当たり障りのない挨拶をして急いで別れたのだった。そのあとも彼女の姓が思い出せず、ケイは落ち着かない日々を過ごした。三、四日もたった頃、ある人の姓から、ああこの人と同じだったと思い当たった。思い出せそうで思い出せない苛立《いらだ》たしさで、小骨が刺さったような数日間だった。

「どうして思い出せなかったのだろう。何年も関わり続けた人なのに……」

思い出さないことで、どうしようもないやりきれなさを鵜呑《うの》みにすることを避けたかったのか、割り切れなさをずっと引きずることを避けたかったのか、ケイにもよく分からない。

彼女の優柔不断さを心の中で咎《とが》めたことが、小さな棘《とげ》のように引っ掛かり、「自分で決めずにグズグズする、彼女ぐらいの優柔不断さなら、あなただって持っているでしょうに……」という自分の声を聞きたくなくて、余計に思い出したくなかったのかもしれない。

彼女は少しも悪い人ではない。むしろ、正直過ぎるぐらい正直だ。

「うちの人」に、「行って来い」と言われなければ、消しようもない辛い記憶に繋《つな》がっているケイには会いたくなかったのが、本音かもしれない。「うちの人に言われたから」と大義名分を立てなければ、足が向かなかったのかもしれない。

女の子の発作は、真夜中であろうと、休みの日であろうと、彼女の体調が悪かろうと、用事があろうと、かまわず起こった。その都度彼女は、女の子を抱いたりおぶったりして病院に駆け込んだ。頼みの夫は、仕事の都合で家にいないことが多かった。替わってくれる人もいなかった。彼女は一人で頑張っていたのだ。

いつの間にか、彼女にとっての女の子は、〝喘息《ぜんそく》を持つわが子〟ではなく、〝喘息のわが子〟に置き変わり、〝わが子イコール喘息〟となった。そして、彼女を苦しめているのは喘息の発作なのに、発作を起こすわが子が自分を苦しめていると思うようになった。発作の陰に隠れ、女の子自身は彼女の目に映らなくなった。彼女は発作のないわが子を愛し、発作に苦しむわが子を憎んだ。

幼い女の子が、自分の庇護《ひご》の下《もと》でしか生きていけないことを彼女は十分知っていた。けれどもあの日、この程度の発作なら治まるだろう、治まってほしい、と彼女は願った。治まらなければ、夫が帰って来てから病院に連れていけばいい。

彼女は、幼い命があんなにあっけなく消えるとは思ってもみなかったに違いない。取り返しのつかない結果が待っているとは思わずに、発作を軽く見積もることで、不安や辛さから目をそらしたかったのかもしれない。

彼女自身もどうしていいのかわからなかったのかもしれない。

ケイは彼女にことばを運ぶまでに数年かかった。届けることができたのはつい最近のことだ。ことばを届けた時、彼女は自分を責めて泣いていた。ずっと泣いて暮らしていたようだった……。自分の中の見たくない自分を見る勇気を持てるようにと、ケイは、小さいけれど働き者のことばを風に乗せて、彼女の部屋に送り込んだ。

ケイ自身も同じことばを、「小さな勇気」を、いつもポケットに忍ばせている。自分の弱さを認めることで、きっと優しく、また強くなれると信じて……。

7 〝ある子がいてね〟

ケイが、レースのテーブルクロスを編んでいる手をふと止めて、窓の外を見た時のことだ。窓に鼻をくっつけるようにして、部屋を覗《のぞ》き込んでいる小さな顔と目が合った。

招き入れたケイの横でジャムつきスコーンを頬張《ほおば》った少年は、それから何度も〝森の家〟に来るようになった。来るたび、子猫がじゃれるようにケイのあとをついて回った。

ケイが〝ことばファクトリー〟の黒い服を着た人たちに出会う少し前のことだ。

少年はケイになついた。ケイと一緒にいると、ケイの顔を見ると、安心すると言った。

心を病んだその子の母親は漂うように少年に近づき、突然襲いかかっては鋭く爪を食い込ませ、ほのかに微笑《ほほえ》むかと思うと、ゆらりゆらめいて消えてしまう。頼りなさの皮をポロリと一枚めくると、その破れ目から、形をとどめない砂のように崩れ去り、その中にズブズブと飲み込まれ朽ちていく。

この母親を持つ少年がケイになついた。そしていつもケイを見ていた。

この子の手を掴《つか》まえなければ、掴まなければ……覆いかぶさる母親に呑み込まれてしまう。ケイは焦った。けれどもケイが掴まえようとすると、少年はフッと遠のいた。ケイが一歩前に出ると、少年は一歩下っている。動いた気配は少しもないのに……。ケイとその子の距離は、いつまでたっても縮まらなかった。

少年はケイに纏《まと》わりつきながら、時々上目使いにケイを見た。その目は言っていた。

「なぜボクの手を掴まえないの？　どうしてボクを掴まえてくれないの？」

次第に、少年の中の〝黒いもの〟がケイを取り囲み始めた。母親に振り向いてもらえない悲しみ、温めてもらえない孤独、理不尽な暴力を受ける痛み、屈辱、あきらめ……。これらを怒りが覆い尽くしたとき、少年の中に〝黒いもの〟が生まれた。まだことばで表す術《すべ》を知らない少年の中で、〝黒いもの〟はますます大きく膨れ上がった。

ケイはケイで、飽くことなく纏わりつきケイを確かめ続ける少年を、次第にもて余し始めた。

「家に居たくないからここに来るというのは別にかまわないし、スコーンで満足してくれる位ならいいのだけれど……。でもあの子の目は、私の中に母親を捜している。私が本気で、あの子の母親になろうとしているのかを見届けようとしている」

そして、ケイは思い出した。ずっと昔、母に掴まえてほしくて差し出した手を振り払われた記憶を。

「あの頃の私も、あんな目をしていたに違いない」

遠くを見るような眼差《まなざ》しのまま、ケイはアッと小さな声をあげた。

「私に掴まえる手なんて……あったっけ……？　とっくの昔に、掴まえることも掴まえられることも諦めてしまった私の手……。今更その手が、何かを掴み、掴み続けることができるとは到底思えない。掴んだとしても、きっとあの子の手を放してしまう……」

ケイは怯《おび》えた。

その通りになった。

少年の目から逃れたくて、ケイは、少年を、半ば掴んでいた手を、放したのだ。

少年はケイを独り占めにしたかった。いつも自分を見ていて欲しかった。母親に、一度もそうしてもらえなかった悲しみと怒りが、手を放されたことでケイに向かった。ケイへの愛着はまたたく間に憎しみに変わった。

少年はぷっつりと〝森の家〟を訪れなくなった。

少年の中で膨れ上がった〝黒いもの〟に、じわりじわりと取り巻かれ、そのあまりの重さに持ちこたえられなくなって少年の手を放したことも、〝黒いもの〟に何と言えばいいのか、どう対処すればいいのかわからなくて、もがくように苦しかったことも、本当のことだった。

ケイは自分を責めたが、そこからは何も生まれず、言い訳がゾロゾロ出てくるだけだった……。

途中で手を放す位なら初めから掴まなければいいのだ。掴もうとしなければいいのだ。

ケイは途方にくれてはいたが、少年が来なくなった日々を安穏《あんのん》と過ごしていたわけではなかった。「掴まなければいいのだ」と他人事《ひとごと》のように言っても、一度は掴みかけた手だ。何か手立てはないかと思案する日々が過ぎていった。

黒い服を着た人たちと出会い、〝ことばファクトリー〟に行くようになったケイは、少年にことばを送る術をあれこれ考えた。けれども、ただことばを送っても、あの〝黒いもの〟に食い散らかされて少年には届かないだろう。まずは、あの〝黒いもの〟を何とかしなければ……。

考えを巡らせたケイは、ある夜、とんがり頭巾をかぶり黒い服に白いエプロンを身につけた。

「こうやって正装すれば、誰にも気づかれずにどこにでも潜り込める。もちろん、あの子の夢の中にもね……。ああ、そうそう。〝黒いもの〟を追い出すだけでは十分じゃないわ。あの子の心が空っぽになってしまうもの」

ケイは少年の中で育つようにと、ポケット一杯にことばを詰め込み、彼の夢に潜り込んだ。

「夢の中は無防備なはずだ。〝黒いもの〟はきっと油断しているだろう」

はたして、少年の夢の中で、〝黒いもの〟は我がもの顔に振る舞いのさばっていた。少年の夢を食いちぎってはますます膨れ上がり、酔っぱらいのように夢の壁にぶつかってはますます色つやがよくなった。要するに、〝黒いもの〟の機嫌はすこぶる良かったのだ。一方少年はというと、〝黒いもの〟が膨れ上がり、色つやがよくなり、上機嫌になればなるほど、寝苦しそうに寝返りを打ち、時々呻《うめ》き声をあげた。

ケイの予想は的中した。夢の中の〝黒いもの〟はぶよぶよしていたし、動きも緩慢で、触ると怪我《けが》をする硬さも持ち上げられないほどの重さもないように見えた。ケイはあっけないほどたやすく、ぶよぶよムニュムニュした〝黒いもの〟を羽交《はが》い絞《じ》めにして捕まえた。もっとも、どこが脇《わき》でどこが首だかわからなかったけれど……。

〝黒いもの〟は慌てて硬く重くなろうとしたがすでに遅かった。ケイは、〝黒いもの〟を、毛布を引きずるようにズルズルと夢の中から引きずり出した。

夢から出る時、ケイは、ポケットいっぱいに詰め込んできたことばを、素早く少年の夢の中にまき散らすことを忘れなかった。ことばが少年の中で育ち、笑顔やハグ、友達や仲間、砂場やブランコやボール、おいしいおやつ、花火、魚釣り、虫取り、水遊び……子供らしく楽しい日々に少年が取り囲まれることを願いながら……。

黒いムニュムニュには、少年の怒りが煙をあげそうな位いっぱい詰まっていた。けれども、今にもはちきれそうだったムニュムニュも、夢から引きずり出された今となっては、もう硬くなることも重くなることもできなくなっていた。

居間にグニャリと横たわると、

「あんな居心地のいい場所はめったにあるものじゃない。長い時間をかけてようやく住みついたんだ。こんな扱いは理不尽だ。心外だ。居住権侵害だ。元の場所に早く戻せ！」

と真っ黒になって、いいえ、赤黒くなって文句を言った。

〝黒いもの〟の言い分をケイは辛抱強く聞いていたが、とうとうムニュムニュを両腕でギュッと抱きかかえると言った。

「そろそろお黙りなさい！　ずっとそうして怒っていたいのならそうしていてもいいわよ。でも残念ね。私、さっきあなたに空気穴開けちゃった。ごらんなさいな。あなた、少し小さくなったわよ。それとこの際言っておきますけど、私から逃げられると思ったら大間違いだからね！　私にはあなたを捕まえる手が、ほら、ここにこうしてちゃんとあるんだから！」

それ以来ムニュムニュは、ケイと一緒に〝森の家〟で暮らすことになった。

ケイは、やっと膝の上に乗るほどの大きさになったムニュムニュを、毎日やさしく撫でてやる。

今日も、ケイの膝で、気持ちよさそうに目を細めていたムニュムニュは、ケイが頬ずりをすると、プシュッという音と共にまた一回り小さくなった。

「小さくなったのか、もともとの大きさになったのか、前は大きく見えていただけなのか、よくわからないけどね。ムニュムニュがもう少し小さくなったらあの子に返さなきゃ。それはそうと、そろそろあの子がここに現れる気がするのだけれど……」


それから間もなく〝森の家〟にやってきた少年は、急いで走って来たらしく息を弾ませ、無邪気な顔をケイに向けた。そして恥ずかしそうにケイの手を両手で握ると、左右に振りながら笑顔でクシャクシャになった顔で言った。

「あのね、ボク、前はね、ママがボクを怒鳴ったり叩いたりするのは、ボクが悪い子だからって思っていたよ。でも、ママは病気なんだよ、病気がママにいろんなことさせるんだよ、ってケイは教えてくれたでしょ。ママが具合悪いのはボクのせいじゃないって言ってくれたよね。やっつけなきゃいけないのは病気なんだよって。だからボク、大きくなったら病気をやっつける仕事をするんだ」


その頃からだった。ケイには、大人であろうと子どもであろうと、この〝森の家〟で時間を共に過ごす人の過去が何となく見えるようになったのは……。

　黒ラブと白猫は、〝森の家〟を訪れる人々を、まるで〝ことばファクトリー〟の大使のように歓迎し、ケイは〝ファクトリー〟から携えてきたことばを、何気ない会話に乗せて惜しみなく渡す。

　人々は親しみをこめて、ケイの住む家を〝不思議な森の家〟と呼ぶ。時に正装して出かけるケイの出で立ちもさることながら、〝森の家〟に近づくと誰もが懐かしく感じ、思わず中に入ってみたくなるからだ。

8　少年院で

彼は、少年院にいた。

父親から絶えず叱られ殴られて育った彼は、やがて、健気でこびりつくような目と凍る目をあわせ持つ少年に育った。彼の目はいつも、「ボクなんていないほうがいいんだろ。生まれてこなかったほうがよかったんだろ」と言っていた。

それなのに、何もできなかった。しなかった。彼の苦悩を知っていたのに……。


「今、少年院にいるんです。傷害事件を起こしてしまって……」

ケイを訪ねて来た小柄な母親は、診察室でそう言った。そこに驚きはなく、こうなるための彼の背丈に見合う年月の重なりがあった。万引き、恐喝《きょうかつ》、傷害事件……とお定まりのコースを辿《たど》った少年、こうなる道をひた走るしかなかった少年を思った。

母親は黙って涙を流し続けている。その涙は、少年には一切届かなかった母親の苦悩と情愛を、ケイに伝えるのに十分だった。

少年が中学生になった日、父親は、母親と少年を残し自らの命を絶った。その父親を見つけたのが、彼だった。母親は自らの悲嘆に沈みこみ、少年は放置された。自らのやりきれない思いを息子に向け続けた夫に対して、母親は息子をかばいきれず、愛しきれず……最後に拒絶した。少なくとも少年は、拒絶されたと受け取った。そういうことだ。それだけのことだ。少年は凍ったガラスのような眼で、愛してほしい、ボクの方を見てほしい、と叫んでいたに違いない。ずっと叫んでいたに違いない……声を出さずに……。癒《い》えない傷が残った。

今、彼は、少年院にいるという。

ケイは砂を噛《か》む思いだった。少年院の彼に……何が届くのだろう。救いになるものは何もないような気がして、どうすればいいのかわからず、何もできない自分に苛立《いらだ》った。カレンダーを何枚も破り捨てるような日々が過ぎていった。

〝森の家〟に移り住み、〝ファクトリー〟を知ったケイは、自分の前では穏やかでシャイだった少年の顔を思い浮かべながら、祈るようにことばを送った。少年に届くことも、少年が受け取ることも、期待してはいなかった……。ただ、そうせずにはいられなかった。

そんなある日、ケイが送ったことばの一つが届いたようだった。少年の隙をついてことばが飛び込んだ、と言った方が正しいかもしれない。とにもかくにも少年はことばを呑み込んだ。その途端激しく咳き込み、その拍子に口から石が一つ、ゴロンと出てきた。

その夜少年は、それまで一度も考えたことのない母親のことを考えた。少年院に入ってしばらくした頃、生活指導の教官から聞いた話を思い出したのだ。

ある日、工場で働いている母親の元に、警察から電話があった。今まで警察からの電話でいい知らせだったためしがない。母親はいつものクセで反射的に身構えた。

はたして、「息子さんが路上狙いをやらかしましてね。最近、この近辺で路上狙いが多発しているって言うんで、張り込んでいたんですわ」電話の声はそう言った。

息子はとっくに家に寄りつかなくなっていたけれども、母親は、「あの子は、ほんとはそんなことをする子じゃありません。優しい、いい子なんです」と叫ぶように答え、呼び出された警察署で、彼の生い立ちを包み隠さず話し、こう締めくくったという。

「私は、夫の暴力があの子に向かうのを止めることができませんでした。夫はリストラされた怒りや悔しさを、子どもに当たることで晴らすような弱い人でした。私は日々の生活を支えるのに精一杯で、息子を思いやる余裕もありませんでした。でもそれは、あの子を拒絶したに等しく、あの子にすれば見捨てられたと感じたとしても当然だったと思います」そして、最後に付け加えたそうだ。

「あの子には、本当に申し訳ないことをしてきました。もう、何があってもたじろぐことは止めます」

「今までのことはともかくとして、そのときのお母さんには、これからの君のことは決してあきらめない強さがあったと聞いているよ」と教官は話を締めくくった。

ことばが飛び込むのが上手になったのか、ことばが飛び込むことを少年が無意識の内に許したのかはわからない。それからもことばを呑み込むたびに、少年の口からはゴロンゴロンと石が出てきて、そのたびに、とっくに捨て去ったと思っていた気持ちが戻ってきた。少年にしてみれば、認めてしまうと、虚勢を張って生きてきた自分が崩れてしまいそうな、金輪際《こんりんざい》認めたくない気持ちだった。けれども、ケイたちが送り続けることばは飛び込むことを止めなかったし、少年もまたことばを徐々に受け入れ始めた。少年は、否応《いやおう》なく、生きていくことにギリギリ精一杯だった両親を少しずつ理解し始めた。と同時に、親を許せない自分との闘いも始まった。どうしようもなく行き詰まれば父親の後を追えばいい、と囁《ささや》くもうひとりの自分を持て余しながらも、少年は母親の痛みを思いやるようになった。

彼はもう大丈夫だとか、立ち直るだろうとか、そんな甘い感傷はケイにはない。一つだけ、彼自身が生き直そうと思えば、今までと違ったように生きていくことができるだろうとは思っている。

少年が吐き出したごつごつした石は、寂しさの固まりだ。その固まりは、〝ファクトリー〟で削られ、磨かれ、命を吹き込まれ、軽く透き通った石になる。ケイは、虹を写したように丸く透き通った石を、ファクトリーに届けた数だけ持って帰り、息子宛てに母親が書く手紙に託して送り返す。少年も母親も、透明な寂しさを抱えることになるけれども、その寂しさは、他人を包む優しさに変わるはずだ。

アイの場合

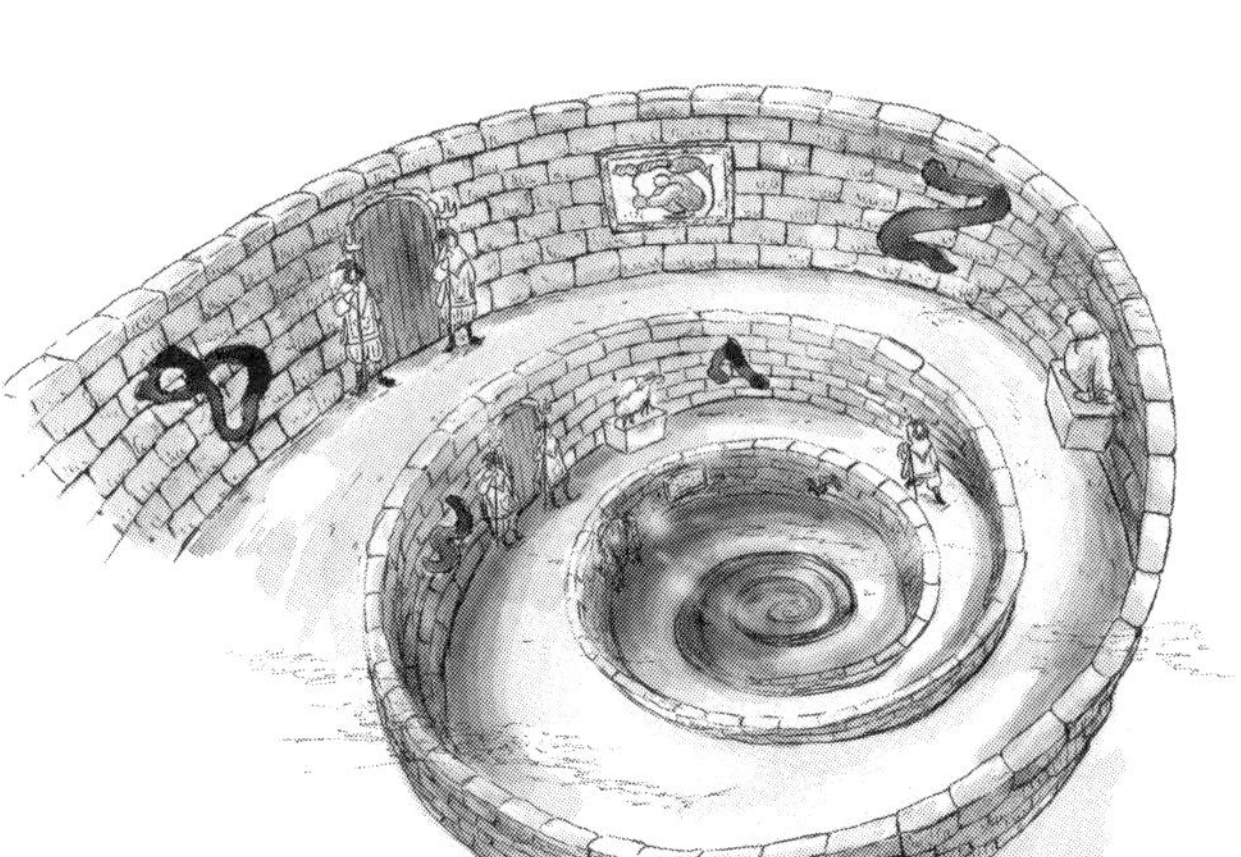

1　アイは夜道を歩いている

高校卒業後の進路を決めてもおかしくない頃だった。

アイは小さい頃から絵を描くのが好きだった。何枚も何枚も時間を忘れて描いて、飽きることがなかった。絵を描く仕事に就くことは、夢でもあった。美術大学に進んで油絵を描きたいというアイに、将来の平穏と安定を望む母親は反対した。

今日も二人の言い分は平行線を辿《たど》り、激しい口調で母親と諍《いさか》いをしたアイは、服も着替えずベッドに潜り込んだ。母親の言葉がアイを追いかける。アイは両手で耳を塞《ふさ》いだ。

「あなたのためを思って言っているのよ！」

陳腐な台詞《せりふ》、常套句《じょうとうく》。このセンテンスが使い古され、既に効力を失っていることはつとに証明済みだ。けれども母親は、「娘のためを思って言っている」と信じて疑わない。「あなたのためよ！」は、彼女の偽《いつわ》らざる真実だ。

「お母さんは、自分が安心したいだけじゃない。お母さんの言ってることって、説明と説得なのよ。私は説明もされたくないし、まして説得なんかされたくない。私はあなたの『もの』じゃない。私のことは放っておいて！　放っておいて好きにさせて！」

娘の捨て台詞を、世の親は何度聞いたことだろう。

苛立《いらだ》ちと悔しさで何度も寝返りを打つ。そのたびに頭は冴えた。羊を五五五五匹数えたあと、眠ることをあきらめたアイは、夜とは思えない明るさに魅《ひ》かれて庭に出た。白壁に、黒く歪《ゆが》んだ線となって映りこんだ木の影が、今にもゆらっと動き出しそうに見える。くちなしのトロリとした粒子が甘く漂う中を、アイは何かに誘われるように歩き出した。


アイの家は、小さいながらも前庭のある、意匠を凝らした家々が建ち並ぶ居住区にあった。幼稚園の頃から、アイは母親が決めた通り、この居住区から通える私学の小学校の入学試験を受けることになっていた。大学まである一貫校だ。

その入学式の前日、母親は小さなアイを連れ、それまで住んでいた湖の近くの家から、この新しい家に引っ越しをした。そして、その日から、父親はアイにとって遠い存在となった。母親とアイの二人の生活が始まった。二人の間で、父親については触れないことが不文律《ふぶんりつ》となった。


月明かりのせいなのか、夜は不思議なくらい明るい。居住区を離れると、舗装されていた道は、砂利半分アスファルト半分の道となり、家々もそこここに点在するほどとなる。道は、畑や林や森を二分しながらゆるやかな曲線を描いて延びていて、左右の路肩には、朝露や夜露から生まれたような黄色やピンクの野の花が、星のように散らばっている。

しばらくすると道は二手に分かれた。

右手の道はトンネルに続き、その先には貧しい漁村がある。何十年も前に、岩盤をくりぬいたトンネルが造られるまで、漁村の生活は殆ど自給自足の孤立したものだったという。

左手の道は木立が葉を茂らせて緑のアーチとなり、そこを抜けると、立派な門構えと前庭のある瀟洒《しょうしゃ》な家々が立ち並び始める。道を突き当たったところに、手入れの行き届いた広い庭園があった。そのT字路を左に折れて二ブロックほど歩くと、庭園と向かい合うように、古めかしい学校と病院が見えてくる。同じ敷地に建つ、重々しい雰囲気と威風《いふう》堂々とした外観を誇るこの二つの建物は、町のランドマークでもあった。学校と病院の二つの正門は、威厳を保つかのように、毎日決まった時間にピタリと閉じられた。アイの通っている学校だ。幼い頃から一人でいることを好んだアイにとって、中学校、高校、大学まで寄宿舎のあるこの学校が、全寮制でなかったことは幸いだった。

今、アイの足は、通いなれた学校への道ではなく、一度も通ったことのない、トンネルのある右の道へと向かっている。

アイは周りの大人たちからこう言い含められていた。

「『あっち』に行ってはいけないよ。『あっち』に住んでいる人たちに関わってはいけないよ」

母親を含めた大人たちは、眉をひそめて、ひそひそ声で、あるいは怖い顔で、理由は何も言わずに、ただ禁止した。『あっち』とは、すなわちトンネルの向こうを指していた。アイにとって、理由がわからない分、その道は恐ろしいものとなった。

「この道の先には〝少年少女舞踊団〟のテント村があるはずだ。一か月ほど前から、『あっち』でテント暮らしをしながら町で興業を続けていると、新聞やテレビで紹介されていたもの」

実際のところ、巷《ちまた》では、彼らの評判は上々だったのだ。

行ってはいけないと固く言われていたからかもしれない。きらびやかで美しい彼らがまばゆく自由に見えたからかもしれない。今は、まだ形にならない何かを形にするために勉強をするのだと納得もしていたし、その生活を嫌悪していたわけでもない。しかし、レールの上をただ走る生活からはみ出すことは、痺《しび》れるような甘美さと後ろめたさが重なって、アイを大胆に、また臆《おく》病《びょう》にした。

夜は少しも暗くなく、トンネルを抜けたあとの道も、砂浜も、まばらな草花も、折れ曲がった灌木《かんぼく》も、点在する畑や小さな家々も、まるでライトを浴びているかのようによく見えた。砂地に足を取られそうになりながら、アイはテント村に向かって、一歩一歩確かめるように歩き始めた。

どの位歩いただろう。群れとなった人影が近づいて来た。あの服装は舞踊団の子ども達に違いない。二、三十人はいるようだ。

「なんてきれいな人たちなの！　お人形のようにかわいいって言うけれど、実際それ以上だわ。それに、みんなずい分大人びて見えるのね、メンバーは全員十代だって聞いたけど……。

あんなにきらびやかな服を着て、あんなにきれいにお化粧をして、蝶のように軽やかに自由に踊れるなんて、夢のようだわ。音楽に合わせて踊るって、本当に素敵なことだもの。別人になれる気がするもの。ああ、お母さん、今は出てこないで！『舞台で踊るためには、どれほどの練習が必要かわかっているの?』なんて言わないで!」

小声で何か話しながらすぐ近くまでやってきた少年少女たちは、傍《そば》にいるアイにまったく気づく様子もない。何かに怯《おび》え、今にもワッと駆け出しそうになる衝動を懸命に我慢しているかのようだ。後ろをふり返り、ふり返り、今さっきアイが通り抜けてきたトンネルに向かって小走りに急いでいる。

「ウワァー、マッテヨー。マッテヨー」

という声が、少年少女たちを追いかけた。子どもの声だ。

楽しげな笑みを浮かべていたアイの顔がこわばった。

「もと来た道へ戻らなくちゃ! 急いで!」という声がアイの中で弾《はじ》けた。アイは慌てて、彼らのあとを細いトンネルへと走り出した。

少年少女の群れがトンネルの道を埋めた時、悲鳴とも泣き声ともつかない子どもの声が再び聞こえた。

「マッテヨー。マッテヨー」

その声が彼らの怯えの糸を切った。彼らは夢中で出口に向かって走った。

うわさは、野分《のわき》の風のように広がった。

「トンネルの向こうで恐ろしい病が流行り始め、死人まで出たそうだ」

「うつると一日で死んでしまうそうな」

「二十四時間以内に、自分以外の誰か二人に触《さわ》れば治るそうだよ」

うわさには尾ひれがつき、野火のように拡がった。

「ウワァー、マッテヨー」

声のする方を見たアイの足が止まった。

「あの子は、みんなが噂《うわさ》をしていたあの病気だ。顔がただれて髪の毛も抜け落ちているもの。昔、『あっち』で流行《はや》ったことがあって、もう何年も罹《かか》る人がいなかったのに、つい最近また流行りだしたって……。だからお母さんは、決してトンネルより『あっち』へ行ってはいけないよ、って言っていたんだわ。それと、誰かしら二人の人間に触ると自分は治るって、みんな真顔で言っていた。でも、それって本当なのかしら」

アイの中で、いろんな記憶が目まぐるしく駆けめぐった。

男の子はあの病気に違いない。その子が誰かを捕まえようとしている。少年少女たちは、男の子に触られると病気がうつると怯え、男の子は、母親から教えられた通り、誰かに触らないと、母親や弟のように死んでしまうと怯えていた。

誰一人身寄りのない母親がひっそりと赤ん坊を産んだ日、彼女は自分の身に何が起こったかを理解した。どこで、誰から、あの病気がうつったのかわからない。

赤ん坊に産湯を使わせ、真っ白な布でくるんで乳房を含ませようとした母親は、赤ん坊の皮膚が自分と同じようにただれていることに気づいた。

そして、半日近くを、外で辛抱強く待っていた男の子が、オズオズと小屋に入ってきた時、母親は愛しさのあまり男の子をしっかりと抱きしめた。そのあとのことだった。男の子にも病気がうつり、その代わりのように、自分の病気がなぜか治ったことを知ったのは……。

しばらくして、病気のせいか、機嫌が悪くむずかる赤ん坊を、ずっと抱いていた母親の皮膚が再びただれ始めた。そのときようやく、母親は、この病気は誰か二人に触れれば治り、いったん治っても、病気の者を触るとまたうつるのだと気づいた。

けれども、うつれば二十四時間後には亡くなることも、うつった者同士でも、誰か二人に触れば、触った者は治るということも、母親にとっては、思いもよらないことだった。

もし男の子が、赤ん坊と、赤ん坊を抱くしかない母親の二人を触れば、二人の命と引き換えに男の子は助かったのに……。

赤ん坊は、翌日、母親の胸の中で息を引き取った。

血の気が失せ、紙のように白くなった顔で、母親は男の子に言った。

「よく聞くんだよ。この病気は、誰か二人の人に触ると助かるみたいなの。でも、その人は病気になる。お前の弟のように死んでしまうかもしれない。触る前に、一度だけ、一度だけでいいから、十数《とお》える間待ってあげるんだよ。逃げてもいいよって言ってあげるんだよ。神様がお前を守ってくださっていることを、忘れてはいけないよ」

病気が母親の命を奪いに来る前に、産後の疲労と、赤ん坊を亡くした悲しみと、男の子に病気をうつしてしまった絶望が、彼女を遠い国へと連れ去った。

男の子は、貧しい小屋にひとり残された。その上、残された時間はあと僅《わず》かだ。

トンネルを抜け、木立の道を転がるように走る少年少女たちの行く手には、隠れるには格好の庭園と学校と病院があった。彼らは思いおもいの場所へと駆け込み、隠れ、息をひそめた。

アイは学校を選んだ。見つかるかどうかは運次第だ。真夜中に、学校と病院の正門が開いていることに疑問を抱く余裕は、その時のアイにはなかった。

追いかけてきた男の子は、校門を入るとすぐ立ち止まった。周りをみまわす男の子の目と、よく刈り込まれた柘植《つげ》の茂みに身を潜めたアイの目が、カチッと合った。男の子はアイのすぐそばに、手を伸ばせば届きそうな所にいた。アイの足はすくんだ。光を失ったような目は見えているのかどうかもわからない。その目が確かに自分を捉《とら》えたと思った瞬間、なぜか男の子は身を翻《ひるがえ》した。男の子の目に走った悲しみが、アイに焼け付くような痛みを残した。

男の子が追いかけるのをやめた理由はすぐにわかった。皮の手袋に編み上げ靴を履き、制服に身を固めた警官が、五、六人、ドヤドヤとやってきたのだ。

不幸な母子に起こった出来事は、たちまち彼らの知るところとなったが、その出来事は彼らにとっては事件以外の何物でもなかった。彼らは男の子を捕まえようと網を張って待っていた。二つの正門に鍵がかかっていなかったのはそのせいだった。男の子を捕獲《ほかく》したあと、残りわずかな時間一人にして放っておけば一件落着だ。アイは彼らの筋書きが読めた。

今度は男の子が逃げ出す番だった。男の子は、学校から道を隔てた庭園へ通じる道を走って、警官から身を隠した。少年少女たちは、自分達が隠れている茂みのすぐ近くに、男の子が潜んでいるかもしれない恐怖で息を殺している。

「ああ、神様、ごめんなさい。もう弟のおやつを取ったりしませんから」

「どうしよう……。私はカクレンボでいつも一番に見つかっちゃうの」

「これからは、パパやママのいうことをちゃんと聞いて勉強しますから……。どうぞ助けてください」と祈りながら……つぶやきながら……。

「出てきなさい！　悪いようにはしないから……おとなしく出てきなさい！」

警官が繰り返し叫んでいる。

家に逃げ帰るのなら今だ、と考える一方で、アイは、この場から逃れることはできない、となぜか納得していた。

男の子は上手に隠れたようだ。追いかける声は次第に遠のいた。警官はどうやら彼を見失ったらしい。

比較的安全なのはやっぱり学校だ。大きな木や建物、彫刻、体育館、教室、それ以外にも隠れるのに好都合なものがたくさんあるもの。隠れる場所を探さなきゃ……。あの茂みは……あっ、誰かが隠れている。彫刻の後ろは……ああ、ここもだめ……誰かがいる。そうだ。噴水近くのライオン像のところへ行こう。あのライオンは学校のシンボルだし守ってくれるかもしれない。

アイがライオン像に向かって走り出したのと、男の子が再び学校へ走ってきたのとは、ほとんど同時だった。

「見つかった！」

アイの喉《のど》はからからに乾き、声もでない。こわばったまま立ち尽くしたアイは、思い直したようにゆっくりと男の子の前に出ていった。男の子としっかり目が合った時、アイは思いがけないことばを聞いた。

「ボク、十《とお》数える間しか待たないよ」

そのことばの真意を測りかね、よくわからないまま、混乱したまま、アイは夢中でかけだした。胸が震えるような寂しい声が追いかけてくる。

「ボク、十数える間しか待たないよ。ひとーつ、ふたーつ……」

アイは両手で耳を押さえて走った。耳の奥で声が響く。「……ふたーつ、みーっつ……」

十数える間で隠れることができるのは校舎の中だ！

廊下から教室に駆け込んだアイは、遮光カーテンと壁の間の隙間《すきま》にするりと入り、身を隠した。足音がした。アイは身体を固くして息を殺した。ハアハア喘《あえ》いでいる息づかいと気配はあの男の子のものではない。そっと覗《のぞ》くと、一人の少年がうずくまるように座り込んでいた。舞踊団の少年だ。長い睫毛《まつげ》、整った鼻筋、小さく結んだ唇は意志の強さを表している。二人は顔を見合わせ頷《うなず》くと、教室の戸につっかい棒をして外からは開けられないようにした。

「助かった……」

二人は、教室の後ろに置いてある長椅子に、身を投げ出すように座り込んだ。ヘトヘトに疲れていた。

廊下から笑い声を交えた話し声が近づいてきた。教室の窓越しに、男の子二人女の子二人の顔が見え、四人はアイを見ると笑いかけた。寄宿舎に入っている中等部の生徒達だということは制服でわかった。

「私たちも入れてください。病院で長く待たされたのでちょっと休みたくて……」

アイは何の疑問も持たずに戸を開けた。四人はアイと少年の横に座った。

「もう私たちは治ったのかしら」

一人の少女が他の三人に言った。

「ワクチンの注射はしたけどね」

と男子生徒が言った。

「病気になったあとでも、二十四時間以内にワクチンを打てば治りますよって言ってたけど、本当かなあ」

「亡くなった人がいるんでしょ？」

「そうらしいね。それに、ワクチンがあるなんて知ってた？　僕たち、病院に行くまで知らなかったよね」

「私たち以外にワクチン注射受けた人っているのかしら」

「ねえ、覚えてる？　もう一回おいでってって先生が言っただろ？　他の人にうつす力が残るから、一週間後にもう一回ワクチン注射を打たなきゃダメだって。二人の人に触って治った人も、そのあと一日は他人にうつす力が残るんだって」

「僕たちの分しか注射液はなかったみたいだよ。看護師さんがこれで終わりですって言っていたもの」

「じゃあ、まだまだこの病気が流行るってこと？」

「でも、一体全体、僕たちどこでうつったんだろう？」

「ねえ、私のおでこの真ん中に赤い斑点ってある？　私、鏡を見たけど見えなかったわ。

それにね、おでこの真ん中に赤い斑点が出たらうつった証拠だって知ってた？　誰もそんなこと知らないよね。なのに、養護の先生、私の顔を覗き込んで言ったのよ。『びっくりしないでね。あなたは、あ・の・病気なの。でも、安心して。今すぐ病院へ行って、ワクチン注射を受ければ治るから』って」

「僕もだよ」

「私もよ」

「養護の先生には、おでこの斑点が見えたっていうことだね」

「そういえば……養護の先生も、校医の先生も、変なメガネかけていたね」

「なんかおかしいよ」

「なんか変よね」

「私たちが触った人たちは、どうなったのかしら」

一人がポツンとつぶやいた。

アイがその奇妙な会話を理解しようと努めている間、そばにいる少年の顔は真っ赤になったと思うと、みるみる蒼白となった。やっと事態が呑み込めたアイの心臓が早鐘のように打ち始めた。努めて平静さを装いながら、アイは四人に言った。

「私たち、今日はこれで帰るわね」

少年に目配せをし、二人は何ごとも無かったかのように教室を出た。危ないところだった。彼らの手や足や顔は、二人にいつ触れてもおかしくない距離にあったからだ。


「私たち、もう一度隠れなくちゃならないわね」

教室から出るや否や、二人は脱兎《だっと》のごとく走り出し、校舎の横手のサトウキビ畑に飛び込んだ。二人は、高く育ったサトウキビが、男の子から二人を守ってくれることをひたすら願った。畝《うね》を数歩歩いたアイの目が大きく見開き凍りついた。目の前にあの男の子が立っている。落ち窪《くぼ》んだ光のない目でアイを見つめている。手のひらを上にして、頼りなげに二本の腕を伸ばして立っている。何かを問いかけているかのようなその目には、深い悲しみが宿っていた。肩で喘いでいる男の子には、もう走る力も残っていないようだ。死が男の子を捉えようとしていた。逃げようと思えば逃げられた。

男の子は一歩前へ、アイは一歩後ろに退いた。

途切れ途切れの声が聞こえた。

「お母さんも赤ちゃんも死んじゃったんだ……ボク一人残して……。お母さん、ボクに言ったよ。誰かを触る前に一度だけ、十《とお》数えて待ってあげなさいって……。ボク、約束守った……よ」

アイは何かに弾かれたように言った。

「大丈夫！　私があなたに触るから」

アイは男の子の手を両手で包み込むと、身体をそっと引き寄せた。男の子の身体が小刻みに震え、押し殺した泣き声が洩れた。

口もきけず横に立っている少年に、アイは言った。

「あなたも触って！」

少年は、アイの目をじっと見つめ納得したように頷くと、男の子の手を握った。

男の子の顔がみるみる生気を取り戻していく。くぼんだ目やただれた皮膚が、元の目、元の皮膚に戻っていくと、そこに覗いたのは、やさしくどこか寂しそうな顔だった。

「あなたも触って！」

自分の鋭い声に目が覚めた。目が覚める前からアイは泣いていた。涙があふれ、あとからあとからあふれ落ちた。自分が男の子に触れたことは、少なくとも愛から出たものではなかった。そのことを一番よく知っているのは自分だと思うと、身も世もなく辛かった。けれどもそれを認めると、心が消えてしまいそうで、アイはただただ泣いた。

あの時、あの子に触れたのは……一度自分を逃がしてくれたあの子に触れないと負い目ができる、その負い目をずっと背負って生きていけるだろうか、と思ったのだ。

目覚める直前の記憶が蘇った。

少年が男の子に触ったあと、アイは少年に向かってこう言っていた。

「これでこの子は助かった、もう心配ないわ。二人ともうつってしまったけど、私たちにはまだ二十四時間残っている。この間に、できるだけ早く二人が助かることを考えないと……。

一番いいのはワクチンを受けることだわ。でも、ワクチンはもう無くなったってあの子たち言ってたわよね。ワクチンが駄目なら誰かを探すことになるでしょう……？　でもそれだけは、どうしても避けたいし……。

そこでね……。私考えたんだけど……私が考えたことが上手くいくかどうかはやってみないとわからないのよ、誰もこんなこと言ってないしね……。つまり……誰かが誰かを触るということと、誰かと誰かが同時に触れるということは違うと思うの。

でも、この方法がもし上手くいかなかったら……。その時は……ああ、でも……お願い！　私を信じて！」

そのあと心細そうに付け加えた。

「難しいのは、二人が同じスピードで同時に触れるということね。でないと、どちらかがどちらかを触ったということになってしまう。それを二回繰り返すんだけれど……」

少年は知恵に優れ賢かった。アイの言うことを理解すると、

「心と心が一つに重なるようにと願えば、そうなると思います」

と言ったのだ。

蘇った記憶を振り切るように強く首を振り、寝返りを打ったアイの目に、男の子と少年の顔が映った。一人は安らかに、一人は微笑《ほほえみ》を浮かべて……夢の中の二人が……アイの隣で眠っていた！

三人とも生きている！　そして、ここは私の部屋だ！

我に返ったアイは、涙でグシャグシャになった顔で叫んだ。

「二人とも起きて！　もう少しでハグするところだったじゃないの！　もう、うつしっこはこりごり。あと一日、ハグはおあずけ！」

三人は顔を見あわせると、誰からともなく笑い始めた。


「助かったのね！」

「助かったんだ！」

「ボク生きてる！」


しばらくして、二人の顔を見ながら、アイがうれしそうに言った。

「ねえ、お腹がすかない？　私たち、ほんとによく走ったもの」

アイの顔を見ると、必ず何か押しつけがましい小言を言う母親は、二階からおりてきた三人を何も言わずに笑顔で迎えた。

「お母さん、ごめんなさい。ハグはあしたまで待ってね」

母親は頷きながらアイに言った。

「今朝テレビをつけたらあなたたちが映っていたの。あなたは二階で眠っているとばかり思っていたから、びっくりしすぎて口がきけなかったわ。急いで二階に行ってみたら、あなたたち三人が眠っていて、もっとびっくりしたのよ」

病院や学校の無人カメラに、夜の騒動の一部始終が写っていて、それをテレビ局が編集して流したらしかった。

母親は、そのあとこう付け加えた。

「あなたがこの二人を助けたのね。本当に誇りに思うわ。でも黙って家を抜け出すようなことは二度としないでね」

「二人を助けたって……？　少し違うんだけどな……。まあ、いいか」

アイは肩をすくめると母親に言った。

「お母さんの朝ごはんはおいしいからね。私たち、お腹がペコペコなの」

生のオレンジジュースに、チーズとハムと卵の入ったクロワッサンサンド、バナナとオレンジ、ラズベリーと干しブドウのケーキ。母親の心尽くしの朝食をお腹いっぱい食べた三人は、アイの部屋に戻るとベッドの上に陣取った。胡坐《あぐら》をかいたアイが神妙な顔で言った。

「何かおかしいわよね。だって、そうでしょう？　ワクチンって、ふつうは発病しないためのものよ。なのに、病気がうつってから二十四時間以内に受けなさいということ自体、胡散臭《うさんくさ》くない？　何か変よね」

「こうは考えられませんか？」

と少年が言う。

「発病前にワクチンを打つと病気の人がいなくなってしまうでしょう？　でも発病後に打つと、何日間かは感染源になるって言っていましたよね。病気は蔓延《まんえん》するわけですよ。世界中に広げることだってできる。蔓延するけれど、注射をすれば死ぬことはないとなると、病院は莫大な利益を上げられるってことになりませんか」

「許せないわ！　病院も学校も警察もきっとグルなのよ。病院の医療従事者がわざと病気をうつして、生徒たちにワクチンを受けさせたのよ。そうして私腹を肥やそうとしたんだわ」

アイたちが考えた通りだったということは、翌日の新聞で明らかになった。

朝刊の一面に、「予防接種は誰のもの？」という大きな活字が躍り、今回の仕組まれた病気の全容が載っていた。病院を内部告発する投書が新聞社に届き、新聞社は、病気とワクチンについて綿密な調査をしていたのだ。

記事を要約すると次の通りだ。

・病院は、昔病気が流行した時の菌を培養し続け保管していた。その菌を使い、今回の安全性の極めて高いワクチンを開発した。
・感染後二十四時間以内に、二人の人間に触れると治ることは事実であるが、それによる治癒は二回までである。
・三人で、順番に感染しては治るという繰り返しは、三回目になると致死的になる。
・今回完成したワクチンは、感染前に接種すると、感染をほぼ一〇〇％近く予防できる。
・初めて感染した人と、感染後一人だけに触れた人は、二十四時間以内のワクチン接種により治癒するが、保菌者となり感染源となるため、一週間後に二度目の接種が必要となる。二度目の接種によって、保菌状態は解消される。
・二人の人に触れて治った人も、その後一日は感染源となる。
・初発症状である、額の赤い発疹を早期に見分けるため、発疹が発光して見える特殊なメガネを病院が開発し、感染者を選《よ》り分けていた。

更に記事は、今回の死者を含む流行は、ワクチンの完成を待って仕組まれたもので、病院と学校と警察の上層部が計画に大きく関与していたこと、その目的は、上記の事実を隠すことによって感染を広げ、保菌者を大量に作りだし、発病後でもワクチン接種で病気は治る、と宣伝して大儲《もう》けすることにあったことを明らかにしていた。

朝刊を読みながら、アイの母親がしみじみと言った。

「本当に良かったわね。もうあの病気を怖がらなくてもよくなったんだねえ……」

この町から病気は姿を消した。世界に広がることもない。学校も病院も経営陣が変わった。事件に関わった者は法で裁かれることだろう。

夢の世界と現実はいつも行き来している。夢の世界と現実との奇妙な符合は、夢が外の世界に通じている証拠だ。

今、男の子はアイの家に引き取られ、アイと同じ学校の小学部に通っている。

少年少女舞踊団はどうなったかって？　もちろん、公演は続いている。彼らの人気は絶大だ。特にあの少年は、舞踊団のトップスターだ。

アイもときどき男の子と公演を覗きに行く。フリーパスで中に入り優越感を味わう。

アイは、ちょっとした顔だ。

2　この街では主役になれない

十一月の街に、一足早いクリスマスソングが流れる。

グランドピアノが自動演奏をしている。ペダルまで踏んでいる。半ペダルだって当たり前。間違いもせず、ケロリと、踊りだしそうに弾いている。

「赤鼻のトナカイ」を弾いている。

ここは、この街でも有数のホテルのレストラン。

絨毯《じゅうたん》も壁紙も、壁に掛かる絵も額縁も、古くから受け継いだものの持つこなれた雰囲気を醸《かも》し出し、古いことも決して悪くはないと思わせるだけの趣がある。つや消しの木の枠に、深いモスグリーンの背もたれとクッションが収まるこの椅子も、座り心地は上々だ。

でも、どうして自動演奏？　どうして赤鼻のトナカイ……？

ここ、A市にあるアイの母校で学会が開催される。

シンポジウムに出席するため、学会前日、原稿を小脇に夕暮れの駅に降り立ったアイは、以前よりずっと垢抜《あか》けした街並みを、品定めをするかのように目を細めて眺めた。

高校時代に経験した〝ワクチン事件〟と、伯母《おば》にあたるケイの影響を受け、好きな油絵は一生の趣味にすると決めたアイは、医学部に進学した。過干渉と放任の間を揺れ動く母親から逃れ、自立したいという意志も働いた。

大学を卒業して以来、この地を訪れるのは初めてだ。かつてここに住んでいたと言う気にもなれず、アイの口は重い。この街は、アイを追い払うことはしなかったが、さりとて歓迎された記憶もない。

「この街で、私はいつも他人《ひと》に合わせていた。主役にはなれないし、ならないと決めて……」

そうつぶやくと、アイは何かを振り切るように、首を横に振った。


母校を訪れたことが、アイをこの街に引き留めた。

翌日、遅い朝食をとったあと、ゆっくりとお茶を飲む。アイはアールグレイが好きだ。

テーブルの左側は、透明な窓ガラスで囲まれているのに、まるでくもっているかのように外が見えない。指先で文字を書いてみる。

「あなたに……会える……？」

その文字を通して外が見える。ガラスの文字に顔を近づけて外を覗《のぞ》く。輪郭のぼやけた若い娘が頼りなげに歩いている。いつも、誰にも、曖昧《あいまい》に頷《うなず》いていた昔の自分だ。

「あなたはいつもそう。傷ついたりどうしようもなくなると逃げてしまう。今度もそうなのね」

この一言で若い娘との細い糸は切れてしまい、若い娘は、二度とアイの元へ戻ろうとはしなかった。

自分を埋めた街に自分の声が聞こえる。

「あなたはいつも逃げてしまうのね……」

窓の外に雪が舞い始めた。

白い花　風花　雪の花
光の中を舞い　光にすいこまれ　遊び　舞う
数えられないものは　うつくしい
雪が舞う　雪が……舞う

この街に流されたのか。飛ばされたのか。しがみついたのか。抗《あらが》ったのか。

ふいに涙が出た。

輪郭のぼやけた若い娘が遠ざかる。今追いかけないともう会えないかもしれない……。コートを受け取り急いではおると、小走りに後を追った。娘との距離はなかなか縮まらない。やっとの思いで追いつき、弾む息のまま声をかけようとした……が、ことばが見つからない。立ち尽くすアイの目の前で、手を伸ばせば届きそうなところを歩いていく娘の姿が、立ち上る陽炎《かげろう》のように消えていった。

十一月の終わりともなれば街はクリスマス色に染まりだす。クリスマスを待つ夜の街を、人々は足早に歩く。この季節の街の光は美しい。

小さな女の子が、顔をくっつけるようにしてショーウインドーを覗いている。

「ねえ、パパ。あのクマさん、大きいねぇ。あのクマさん、どこから来たのかなぁ」

女の子は、まるで、クマを抱きしめ、クマに抱きしめられているかのように、うっとりとした目を父親に向ける。

父親は頷く。

「ああ、ママの国から来て、君のおうちへ行きたがっているようだ」

街の光が、街路樹の枝の網目に滲《にじ》むように張り付く。バッハの無伴奏チェロソナタがどこからともなく流れてくる。街を包むように……辷《すべ》るように……流れている……。


この街を、アイは当てもなく歩いている。

ふとのぞいた小さな花屋に、季節外れの青い花を見つけて、アイは思わず手を伸ばした。この花に会えたことで何かが戻ってくるような気がした。いつだったたっけ、産毛のような手触りの葉の、この小さな青い花に出会ったのは……。ブルースターの名前の似合う薄く青い色が気に入って、何度も何度も育てたっけ。でも青い星は咲かなかった。

何人かの客が、クリスマス用の鉢植えを手に取り店主と話をしている。

「このお花、くださいな」

アイの声が聞こえないのか、店主は振り向かない。店主も客も、アイがそこにいないかのように、話したり笑ったりしている。彼らの声はざわめきのように聞こえるが、何を話しているのかアイには理解できない。

「このお花、分けてください」

心細げなアイの声はやはり届かない。

何が起こったのかと混乱しながらも、アイはとっさにポケットをまさぐった。

「鍵は？　鍵はどこ？　私、鍵を落としたのかしら……。落とさないようにポケットにいつも入れていたのに……」

大急ぎで、コートのポケットというポケットを捜したが、いつも肌身離さず持ち歩いている青い色の鍵が無い。

「どこで落としたのだろう……。預けたコートは、お店の人がすぐハンガーに掛けてくれたし……。あの娘《こ》を追いかけようとコートをはおった時かしら……。でも、鍵が落ちたら音がするはずだし……」

大学に入った頃、自分がここにいるのは場違いな気がして、アイは落ち着かない日々を過ごした。勉学に打ち込む熱意も、あれほど好きだった絵を描く気力も、アイから遠くなった。

「このまま六年間、私はこの大学で過ごせるのだろうか。私には自信もなければ医学部が好きになるという保証もない。先へ先へと授業は進んでいくし……他《ほか》の人は自分のことしか考えていないように見えるし……」

一人でいることを好んだアイに、まわりと打ち解けるためのエネルギーは残っていなかった。誰とも心を分かち合えない虚しさは、アイを押し寄せるような寂しさへと追いやった。

「まわりの人との距離感が掴《つか》めない以上、自分を見せないにこしたことはない。そうすれば傷つくことはない」

アイの出した結論だった。

必須科目の授業に出席するだけの日々に、アイの心は乾き、ひび割れ始めた。

そんなある日、沈む夕日をぼんやり眺めながら、流れる涙を拭《ぬぐ》おうともせず、「このまま消えてしまえたらどんなに楽だろう」とつぶやいた時、アイは、自分の手が、一本の青く光る鍵を握っていることに気づいた。

青い鍵を手にしたその日からだった。アイは、些細《ささい》なことですぐ涙ぐみ、小さな声で〝ごめんなさい〟と言うようになった。その〝涙〟と〝ごめんなさい〟を免罪符として、アイは自分に近づく人たち、関わりを持つ人たちの隠れた心のドアに鍵を差し込んだ。ドアはいつも容易に開いた。ドアを開けたあと、中に入るかどうかはアイ次第だった。そのままドアを閉めることも、中に入ることもできた。ドアを開ける気にならない時は、人々が通り過ぎるに任せた。青い鍵を持っているかぎり、アイは誰とでも話すことができた。いつも、誰にも、曖昧に頷き、困れば涙ぐんで、〝ごめんなさい〟と言っていればそれでよかった。Superflyの曲〝愛をこめて花束を〟のワンフレーズ、〝私は泣くのが得意で　最初から慰《なぐさ》めを当てにしてたわ〟という歌詞を初めて聞いた時、自分のことを言われているようできまりが悪かった。

他人の心のドアを開ける青い鍵を失くしたということは、とりもなおさず、他人との関わりが切れて無くなったということだ。鍵が無ければ今までの道は行き止まり。

「このお花、分けてください」

アイのことばは彼らに届かない。彼らのことばはアイに届かない。アイは、今の今まで使ってきたことばを、自分はもう使えなくなったのだと悟った。

「私は今、糸の切れた凧《たこ》のようだ。必ず落ちると知っている凧は、どんな気持ちで大空をさまようのだろう」

悲しみと絶望がアイを襲った。

クリスマスを待ちかねているような街の歩道を、人混みに押されて操り人形のように歩く、アイの細い肩が見え隠れしながら遠ざかり、やがて人の流れはアイをさらうかのように飲み込んだ。

ネオンが輝き、車が道を埋めるように走っていた街も、夜が更けると、灯《あか》りが一つ、また一つと消え、人通りもまばらになってくる。街が夜の身支度をすっかり終えた頃、ビルの立ち並ぶクリスマスの街は巻き取られるように姿を消し、石畳にガス燈の似合う古い街並みが現われた。

当てもなく、もう歩けないほど歩き続けたアイは、魔法をかけられたように姿を変えた古い街並みにも気づかず、街はずれに一軒、ポツンと灯《ひ》のともるロウソク店に入っていった。

店主らしい年老いた男はアイを見ると言った。

「この寒い夜に一体どうしたというのかね。真っ青な顔をして、口もきけないほど弱っているように見えるが……。もう少しで店じまいするところだった……いや、間に合ってよかった。さあ、こちらに来て温まるといい」

穏やかな口調には労わるような響きがあった。アイを招き入れた男は、温かいミルクとスコーンとジャムをアイの前に置いた。

「こんなものしかないが……」

アイの目は男の唇に注がれた。

「この男《ひと》の声は聞こえる。他の人の声は聞こえないのに……？」

老人は何も言わない。お茶をすすりながら暖炉に薪《まき》を足す。アイも黙って年老いた男の顔を見つめる。

「……私は……この男《ひと》を……知っている……」

アイの鼓動が早くなった。

彼に出会ったのは少女時代だ。プリンスエドワード島で書かれたある物語の中で、アイはこの人を知った。それ以来、彼、マシュウと呼ばれていた老人は、アイの急所、泣き所となった。この人の名前を言っただけで、懐かしさが全身にあふれ、涙となる。
アイが幼い頃両親は離婚した。それ以来遠い存在となった父を、心の片隅ではいつも待ってい
た。誕生日には……クリスマスには……大学に入れば……。待つことのむずかしさは、アイには
おなじみのものだ。
不安、期待、希望、怯《おび》え、がっかりしないための準備……いくらかのあきらめも用意しておく。
それといくばくかの興奮と少しの苛立《いらだ》ち。これらが、深くシンとした静けさと交錯《こうさく》する。待つ時
のうつむいてしまいそうな心細さを、幸せな結末を想像することで置き換えてみても、心細さが
無くなるわけではない。待つことに慣れるということは、ずい分悲しみを伴うものだ。
物語では、少女は想像力《イマジネーション》のありったけを使って、自分を迎えに来る見知らぬ人を待つ。マシ
ュウが少女に出会ったときから、ふたりはたちまち見知らぬ者同士ではなくなった。心のドアを
開いたマシュウは、小さな少女の全てを受け入れ、無条件の愛が少女を包むことになる。おだや
かで、安心していられる愛の深さに、アイはあこがれ続けた。
そして今、目の前の老人もまた、アイに変わることのない安堵《あんど》と、それに続く安らかさを手渡
そうとしているように見えた。
アイは、ポツリポツリと話し始めた。
「三か月ほど前に子犬を拾ったんです。抱き上げると澄んだ目で私を見て、思わず抱きしめた。
悪びれない無邪気さがそれはそれは可愛くて……。
二か月ほど経って、初めてドッグランに連れて行った時、抱いて車から降ろそうとして思わず

手がすべってしまった。子犬は道に飛び出して、そこに車が走ってきて……。あっという間の出来事だった。動かなくなった子犬に、ごめんなさいといくら謝っても、いくら涙を流しても、二度と子犬は生き返らない。

私の免罪符だった〝涙〟と〝ごめんなさい〟とはまったく違う、『涙』と『ごめんなさい』があることを嫌というほど思い知らされた。胸が張り裂けそうで、私はこれ以上泣けないぐらい『涙』を流し、何の役にも立たない『ごめんなさい』をただ言い続けていた……。そのあと穴を掘って、冷たく硬くなった子犬を横たえて、庭に咲いているありったけの花で覆って……。

私の手は生命《いのち》を預かっていたのに、その同じ手が子犬を死なせてしまった。子犬がするりとすり抜けた時の感触はいつまでも指先に残っていて、服にこすりつけてもとれない。私の手は、あの子犬のぬくもりを、重さを、息づかいを、いつまでも覚えているのに、一方では冷たくなった硬さを覚えている。生命と死、この相反するものに挟まれた私は、行き詰まって、何度も何度も手を洗ったわ。ああ、鍵を失くしたのはその時だったかもしれない。子犬を埋めた時、鍵が滑り落ちたのかも……。そういえば、あの頃から他人の声が聞き取りにくくなったような気がする……。

青い鍵で他人の心のドアを開けては、誰にも曖昧に頷くことと引き換えに、私は、いろいろなものを呑み込み続けたみたいで……。それは私の心を片隅に追いやって、ぼんやりとした塊のまま重く膨らんだ。

本当は、私、こんな塊欲しくなかったのかもしれない。

私の免罪符の、〝涙〟と〝ごめんなさい〟が使えなくなったせいで、いままで聞こえていた声が聞こえなくなったのだとしたら、私の中の塊も、もう増えないということでしょう？　なぜこんな塊が欲しかったのか、なぜ塊を呑み込み続けたのか、どうすれば塊を解きほぐせるのか……。青い鍵を失くしたのは、よく考えなさいということなんだわ。青い鍵がないのに、あなたの声はよく聞こえる理由《わけ》もね……。

私の考えは、行き詰まったり行ったり来たりして、少しはわかったと思ったり、結構いろいろわかったと思ったり、すぐまた混沌とした中に埋もれてしまったりするけれど……。でも、〝わかった〟ということが曲者《くせもの》なのかもしれない。わかってしまった以上、今まで歩いてきたところが、以前見えていたようには見えなくなってしまう。塊を呑み込み続けるのを止めると、見ないで過ごせていたものを見なければならなくなる。うすうす気づいていたけれど……そう、それが怖いのかもしれない。それって、元の場所には戻れなくなるということだもの……。戻れないと居場所が無くなる。居場所が無くなると思うと、なんだかとても恐ろしい。青い鍵が無いと思うと、身のすくむ思いがするのも本当なのよ。かといって、人の声がよく聞こえていた頃の私が幸せだったかというと、それも定かではないけれど……。

底が抜けたみたいに寂しくて意気地がない時には、他人に合わせて、自分を奥に閉じ込めて、他人が笑うとおかしくもないのに笑ったりして……。私はずっとそうだった。そんな自分が、本当は気味が悪かった。

なぜかあなたは別だけど……私の声は相手に届かないし、相手が何か言っても私にはわからない。そうなったのはすべて鍵を失くしたからだ、と思いたい私がいるの。だからといって、誰かに、鍵を持っていた頃に戻りたいかと真顔で尋ねられたら、きっと答えに詰まると思う。でも、鍵を失くした、今の自分と同じような他人には、なかなか会えないのではないかと思うと、心細くて……やっぱり失くした鍵が恋しくなってしまう……」

アイの話の一部始終を黙って聞き終えた老人が言った。

「あした、一緒に行くかな？」

「どこへ？」

とは聞かず、アイは頷いた。


翌朝、ロウソク店の前に馬車が止まっていた。街は石畳の似合う古い街並みのままだ。

アイは驚いて目を見張った。この街並みは……ええと……ここは……ああ、ここは……本や写真で知った、あのマシュウの故郷《ふるさと》だ。

「馬車は初めてかな？」

彼は、優しくて少し悲しそうな馬の目を覗き込みながら、「いい子だ、いい子だ」と声をかけた。美しい体の線、品のいいお尻、馬の優美な身体は見ているだけで幸福だ。

「さあ、サム、いつものところだ」

アイが彼の横に乗り込むと、サムはゆっくりと馬車を引いた。

ここにはレンガと石の色がある。敷石も屋根も壁も、微妙な色の変化がしっくりと調和していて落ち着く。しばらくすると、馬車は舗装された道から脇にそれ、深く刻まれた轍《わだち》の跡を正確に動いていった。木々が、畑が、湖が、海が、点在する家々が、ゆるやかな起伏の中で、変化に富みながらも静かな風景を演出している。こんな風に暮らしてもいいんだよ、こんな暮らしもあるよ、といっている。サムは、木立の中に続く細い道を海岸へと向かう。森の香りが一瞬におい立つ。水辺に沿った道端に、アンズレース、タンポポ、アザミ、ガマなどが、控えめな色ながら健気に咲いている。群れている水鳥は海カモメだ。

「いろんな海に出会うといい。願えば、海は、あるがままの姿を見せてくれるはずだ」

海に張り出した崖の上の草地を守るように、柵が巡らせてある。その柵にサムをつなぎながら、老人はポツリと言った。

「鍵は失くしたのではなくて、消えたのだと思うがな……」

そして、続けた。

「さあ、行っておいで。ここからはお前さん一人だ」

馬車を下りたアイは、目の前に拡がる海に息を呑んだ。

ここは　何と言えばいいのだろう……

何もない　本当に何もない

ここには何もないけれど　何もかもがある
ここに立つと　自分が〝チリ〟のように小さく　消えるみたいだ

この海の青さ　この海の色　ゾクッとする
むきだしの岩肌のまま　海に垂直にたちあがる険しい崖
海は波をだきかかえ　泡だつ波におおわれる
波はしぶきをはねあげて　岩に打ちつけ引きかえす

荒々しい風が波を追いたて　風にこたえて波は遊ぶ
せまり　うねり　くだけ散る
波は押しよせ　押しよせる
波は走り　くずれさる

圧倒的な海水が　海の面《おもて》に連なって
とぎれることなく　どこまでも動く
とぎれることなく　どこまでも続く
海の持つ　底力……

祈るように胸で両手を組み立ち尽くしていたアイは、海が心に流れ込む音を聞いた。両手を組んだまま引き締まった表情で、アイは、険しい断崖を背にゆっくりと歩き始めた。

灌木《かんぼく》が覆う林の間に小道が見える。小道は曲がりながら延び広い道に突き当たって終わった。迷わず横切り海辺に下りる道を探した。ゆるやかな勾配を保ち海に下りていく道がある。低い段差の土止めが、坂道を歩くアイを助けてくれた。

突然視界が開け、目の前に、さっきの荒々しい海とは打って変わった穏やかな海が広がった。湾は湖のようにひたすら静かで、数羽の白鳥が水面のやわらかさを引き立てている。穏やかに砂浜が続き、漣《さざなみ》が、砂にレースを纏《まと》わせるように打ち寄せる。短い時差で押し寄せる波の音が、木琴の上を桴《ばち》が転がるように、途切れず繋《つな》がる。

音が無いよりも静かだと感じるのは……落ち着きと安らぎが訪れるのは……。

アイは砂浜に座りこむと、波の音に耳を傾け続けた。

海を耳に残したアイは、湾沿いに砂浜を歩いて行く。砂浜は次第に小高い丘となり、丘を上るにつれて海は翡翠《ひすい》の緑となった。殆ど風のない日には、陽の光が反射して、白く光る鏡となるだろう。

この不思議な緑色を、深い緑の海を、思い出せるか、いつまでも覚えていられるかと、アイは何度も目を閉じて確かめた。

緑の海を胸に、アイは、丘の向こうへ続く緩やかな斜面を下り、打ちあげられた海藻の匂いがする砂浜へと歩きだした。砂浜に沿って伸びるボードウォークを歩く。この板の連なりが、ジョギングや散歩をする人々を、犬を連れあるいは子どもを遊ばせる人々を呼び寄せる。近くを流れる水路は海に続き、夏には格好の遊泳場となるはずだ。

目の前の海は、砂の色に染まってはっきりと赤い。海の色が懐かしい。あのマシュウへの憧れは、この海への憧れでもあった。アイの記憶にくっきりと刻まれている色だ。

〝まあ！　何とまあ！《アメイジング》〟赤い海を見たブロンドの女性が叫ぶ。

老夫婦が通り過ぎ浜辺を遠ざかる。魚を釣る人がいる。ついさっき出会った二匹の黒いラブラドールレトリーバーは、海に入って遊んだようだ。砂浜の足跡は彼らのものだ。砂が掘られ、足跡が入り乱れ、爪あとが残っている。ここで二匹がふざけたに違いない。きっと笑いながら、遊び心一杯に、足取りも軽やかに通って行ったに違いない。子犬の黒ラブもいた。海に入るのは少しこわくて、砂まみれの鼻先で海を確かめ、また後ずさりをする。ラブは泳ぎの名人だ。すぐ海と仲良くなるだろう。

蹴《け》るように歩くと　砂が歌う
ほら　キュル　キュル　キュルルル……
機嫌がわるいと　歌わない
指をこぼれる砂　砂の上の鳥のあしあと

いつまでもつづく波の音……

しばらく歩くと船着き場があった。アイを乗せた帆船《はんせん》は、沖に向かって全速力で走る。船のすぐ下で渦巻く海は、凄《すご》みのある濃紺だ。甲板に波しぶきが飛び散り、飛び散る波に一瞬仄《ほの》かに虹が立つ。海は群青《ぐんじょう》の濃淡を重ねたまま連なり、果てがないかのように広がる。
周りはどこまでも……海と、空と、雲だ。
アイは空に向かって思いきり腕を伸ばし、深く息を吸い込んだ。

雲は　海からわきあがる
生まれた雲は　匍匐《ほふく》前進で海をわたり　海をはなれて　なお広がる
そこに　ほら　手をのばせば届きそう
雲は　海と空が　紡いだものだ

風は雲にちかづいて　あちらに運びこちらに移し　吐きだし吸いよせ形をかえる
海と風はひとつになって　雲を動かし　波を起こす
風が吹く　遊びずきの　風が吹く
雲が流れる　雲が走る

陽が落ち始めた。雲が夕陽をさえぎる。真っ赤に熟れたトマトのスライスを横から見たような夕陽が、雲の間に浮かぶ。最後のスライスが雲にギュッと押さえられて、海に沈もうとしている。夕暮れの空には、三日月と金星が縦に並び、その丁度真下の海に、線香花火の赤い玉がぽとりと落ちたかのような、太陽の片鱗が浮かんでいる。

三日月と金星と太陽と……。縦一直線に連なった天体は、不思議で、静かで、凛《りん》としていて……。ことばにできない、人の想いをはるかに越えた世界を、ただただ見つめるアイの目に、いつしか涙があふれていた。

太陽のかけらが、〝ポシュッ〟と音を立てて海に消え、夕焼けの光は海に縦の帯となった。

太陽と海と雲の語る物語は、忍び込むようにやって来る夜に夕焼け色が吸い込まれ、夜の帳《とばり》が降りて幕を閉じた。

底力を秘めた海。音に満ち溢《あふ》れた海。懐かしく心に刻まれた海。人知をはるかに超えた海。四つの海が語ってくれたことばを、今アイは、抱え切れないほど抱えている。

海は圧倒的だった。親しげに、饒舌《じょうぜつ》に、どんなふうにも変化できると知っているものの陽気さに満ちていた。これほどの力と深みを持っていれば、恐れるものは何もないだろう。

空は、海が広がって、これ以上広がれないところまで広がって、そこから折り返したものだ、と今でもアイは信じている。空は海を従え、何倍もの美しさになる。海と空は、二つで、一つだ。

「誰も自分以外のものにはなれない。自分にしかなれない。なのに私は、他人から渡されたたくさんの塊を抱え、それを自分だと思い込んだ。その上私は生意気で、人の心のドアを開ける鍵を持っていると自惚《うぬぼ》れて、その気になりさえすれば、誰の心にもたやすく入り込めると思い上がっていた。そうして長い間、いつも誰にも曖昧に頷いては、あの人この人のバッファーの役割を演じ続けてきたものだから、呑み込み続けた塊でもういっぱいいっぱいになって……。

でも、そうして私は、他人の心を弄《もてあそ》んできたのかもしれない。その浅はかさに気づくのが遅すぎた位だ。鍵が私から消えたはずだ。人の声が聞こえなくなって当たり前だったんだわ。

私は、自分の弱さに気づこうとせず、気づいても認めようとせず、認めてもそれを隠そうとした。そこに、私の弱さとは裏腹の傲慢《ごうまん》さがあったと今はよくわかる。いろんなことがわかったといって傲慢になるのだったら、わからずにいる方がましかもしれない。わかったと思っていること自体、わかっていないということかもしれないもの。以前は、何かがわかると、いままでいた場所が遠のいていく寂しさに繋がると思っていたけれど、本当にわかるということは自由になること、いくらかの強さを手に入れるということだ」

アイは姿勢を正し顔を上げると、真《ま》っ直《す》ぐ前を見た。青い鍵を失くす前にも、私は自分の海を持っていると思っていた。でもそれは、私が作った独りよがりの小さな海。もう、その海を呼び戻すことはやめよう。新しく海と空を持ち、満ちるに任せて、それをそのままことばにしてわたすことが、他人と本当に繋がることなのかもしれない。

ここにある全てのものよ　私の中に流れこめ！
海に心を沈め波となれ！　くり返し　くり返す波となれ！
海の記憶を刻みこみ　波の音を耳に残せ！　風の音を耳に残せ！
新しい海が私に生きるか！　新しい海に私は生きるか！

あのマシュウの声がした。

「すみれ色の夕暮れが合図だよ。その中にあのブルーの花が見えたら手を伸ばすだけでいい。お前さんは、新しい鍵を握っているはずだ」

グランドピアノが自動演奏をしている。ペダルまで踏んでいる。半ペダルだって当たり前。間違いもせず、ケロリと、踊りだしそうに弾いている。

「赤鼻のトナカイ」を弾いている。

ここは、ホテルのレストラン。風格のあるレストラン。

なのに、それも、もう一月なのに、まだクリスマスソングを弾いている。まだ赤鼻のトナカイを弾いている。

昨年の十一月に続いて、再びこの地を訪れたアイは同じホテルを選んだ。

透明なガラスの窓越しに外を眺める。輪郭のぼやけた若い娘が頼りなげに歩いている。あの若い娘に会おうか止めようかとためらう日々を過ごしたアイは、そんな自分を振り切るようにここにやって来た。ここに来れば、またあの娘《こ》に会えるという妙な確信があった。

アイはレストランから飛び出した。娘に追いつくと息を弾ませながら言った。

「私の中に戻ってきてよ。二度とあなたを追い出したりしないから。私があなたを守るから。やっとあなたを守れるようになったと思うの」

娘は寂しそうに力なく微笑《ほほえ》むと、首をかしげてアイを見つめた。消えてしまいそうな頼りなさが、涙のあふれた目に宿っている。

「まだその時じゃない……」

アイの目を見つめたまま、娘は小さな声で呻《うめ》くように答えた。と思うと、娘の輪郭がゆらぎ始め、立ち尽くすアイの前からフッと消えてしまった。

「この前と同じね。でも、新しい鍵の使い方が、やっとおぼろげにわかってきたわ。あなたを抱きしめるだけの愛が私の中に育たなければ、私の中には戻れないってことなのね」

アイの中にあった重く膨らんだ塊は、重心となってアイを繋ぎ止め支えもしたが、苦しみに引きずり込みもした。その塊がいつの間にか無くなっている。

「私、あの塊を放り出した覚えはないけれど……。ああ、新しい海が流れ込んだから、居場所が無くなって否応《いやおう》なく出て行ったのかしら。きっとそういうことね。だとすると、私の中には新しい海があるってことよ。海に祈りが届いたんだわ。ねえ、今度会う時までには、あなたをハグできる私になっているからね」

アイは、時々、すみれ色の夕暮れに、マシュウその人への手紙を託す。マシュウが、アイの急所、泣きどころであることに、今も変わりはない。

3　電球蜂

幼い頃、小さな心が、さびしさ、頼りなさでいっぱいになった記憶がある。いっぱいになった部屋は隙間《すきま》がなくて、蒔《ま》いた種は芽を出さなかった。大人になっても、小さな心をいっぱいにしたものは凍ったまま肥大していく。自分も凍っているから冷たいこともわからない。

幸せな時は幸せに浸ればいいものを、幸せすぎると足元を掬《すく》われると、いつも少し用心しては、あまり居心地のよくない場所に自分を置く。生きていることを許されている間に、立ち止まって幸せを眺め味わいたいと思い続け願い続けながら、今は、ここは、まだ通過点だからと、その傍《かたわ》らをそそくさと通り過ぎる。そして、気づくと、あまり居心地のよくない元の場所に戻っている。有頂天になってはいけないと思い定めているかのように……。

ゆったりとくつろいで満足することもできたのに、自分の巻尺を持たないアイは、自分自身を測りかね、流されたくないと川上に向かっては、〝精いっぱい〟、〝一生懸命〟、〝誠実に〟、と背伸びをして生きてきた。そうすることで、一時《いっとき》の幸せめいた気分さえしぼませてきた。

時はこうして過ぎていった。

アイの部屋に忘れられたように置いてある、手のひら位の大きさのデジタル時計は、1月1日7時30分で止まっている。何年分の時がこの中に眠っていることになるのだろう。時計が動いていた時と動かなくなってからの時が、アイの横をすり抜けた。

過ぎ去った時の中で、アイは、他人に見せない部屋を心の中に作っては、よくそこに逃げ込んだ。その小さな部屋で、泣くこともできずにかわいた目をしていても、ウロウロと歩き回るしかない寂しさを抱えていても、うずくまっていても、それがその時々のありのままの姿だった。後ろめたさが忍び込むからと、覗《のぞ》かない決心をし閉めてしまった部屋。二度と開けることはないと、しっかり鍵をかけた部屋。あける鍵さえどこにいったのかわからない部屋……。

この時計の中に埋まってしまった時を、取り戻す術《すべ》はあるのだろうか。

アイは、動かなくなったデジタル時計を、身を切られるような痛みと共に、愛おしむように手に乗せた。

不思議なことが起こった。時計が動き出したのだ。1月1日6時59分、58分、57分……。ものすごい速さで時計の数字は過去に向かっている。12月、11月、10月……。

数字を見ているうちに眩暈《めまい》に襲われたアイは、急いで時計を元の場所に戻すと、外に出た。足は自然に幼い頃住んでいた家の方へと向かった。大学の人事で赴任したM病院は、何かがアイを呼び寄せたかのように、昔、父と母と家族三人で暮らした街にあった。幼い頃を過ごした家は、いつも心の片隅に引っ掛かっていたが、アイは決してその場所を訪ねようとはしなかった。

けれども今、過去に失くしてしまったものが、そこに、忘れ物のように在る気がした。


しばらく歩くと、数人の若者が、自転車をジグザグに走らせながらやって来た。一人は後ろに、自分より重そうな女の子を乗せている。ゆるやかな坂道を、懸命に上る彼の顔は歪《ゆが》んでいることを、女の子は知らない。彼の苦しい表情は、「ちょっと降りてよ」と言うことで、失うかもしれないものの重さを量りかねているようだ。もう一組は、立ち上がってペダルを踏む彼の後ろを、女の子が走りながら押している。あとは一人乗りだ。

「前に住んでいた家は、確か、湖をぐるっと回る道のすぐ先にあるはずだけど……。この辺りはすっかり変わってしまって……。どの道を行けば湖の道に出られるのかしら。あの子たちなら知っているかもしれない」

アイが声を掛けようとした時だった。

「あっ、先生、先生でしょう？　お久し振りです。ボクのこと覚えてますか？」

立ってペダルを踏んでいた少年が自転車を止めた。

見覚えのある顔だ。

「えーと……。えーと……。そうそう、A君。A君でしょ……。まあ……あれからどうしていたの？」

そういえば、彼らは全員あの時の顔ぶれだ。挨拶だけで別れてしまう気にならなかった彼とアイが、懐かしさを真ん中にして道路わきの草むらに座ると、残りの自転車隊も思い思いに座り込んだ。

アイの勤めるM病院の救急外来の玄関先には、ベンチや藤棚のある中庭風のスペースがある。救急車が停まるとき以外は人の出入りも少なく、格好のたまり場になっていた。

その日も、数人の若者が、出入り口を避けた形でしゃがんでいて、そのうちの一人、茶髪にピアスが彼だった。二、三年前まで、アイは彼の主治医だった。

「どうしたの？」

とアイが聞く。

「事故ってサァー。オレの女に怪我《けが》させた」

「ウン？　女？」

内心ひっかかるものを感じたが、彼は、

「バイクに乗せてててぶつかって……。二人とも空中に舞い上がったみたいで、オレは女の上に落ちてた。彼女、ヒフがベロッて剥《は》がれて、肉をえぐられて入院してる」

と屈託がない。

「で、君は？　ああ……足怪我したのね」

「ウン、オレはマーマーだけどね」

「今、高校生だっけ？」

「そう、高二。でもやめた。中退。ケンカして相手なぐって怪我させた」

聞いてみると、残り全員中退組で、バイク仲間だという。

「オレの女……ねえ」

車で帰る途中、彼の言ったこのセリフにアイは少し混乱した。

「あのかつての坊主がねえ……。えらそうにねえ……。オレの女ねえ」

翌日から、アイは、彼の姿を病院内で何度も目撃することになった。

車椅子を押している彼。食料を抱えている彼。お弁当を買いに走る彼。

いつも優しい顔をしている。彼女も屈託なさそうに笑っている。

そんなある日、家に帰る途中彼と出会った。

「その後どう？」

車を道路わきに寄せて聞くアイに、

「今買出しに行ってきた帰り。先生、ハザードつけておかないと危ないよ」

ニコッと笑う顔に後ろめたさはなかった。


「みんなに会うのって、A君のバイク事故以来よね。A君、あなたは覚えているかしら？ 買い出しの帰りのあなたとちょっと話をしたこと。その時このA君がね、『先生、気をつけて』って、私の車をずっと見送ってくれたの。そのあと自分でもよくわかんないんだけど、なんだか温かで幸せな気持ちになって、A君のことを誇りに思ったの」

遠くを見ているようなアイの眼差《まなざ》しが、フッと和んだ。

聞けば、高校中退組は逞《たくま》しく生きていた。町工場で、居酒屋で、夜間高校に入り直して、大工職人の見習いとして……自分らしく逃げずに生きていた。悪びれることのない彼らの笑顔を、アイは頼もしく見つめた。

湖までの道を教えてもらって自転車隊と別れたアイは、細い道を歩き始めた。初めのうちこそ、人一人通るのに十分な広さがあった道は、右に左に曲がるにつれてなお細くなり、しかも、ぬかるみ始めた。乾いたところを選んで片足ずつ跳ぶように歩くうちに、右手には水が満ちてきた。ここから先は湖だ。湖に沿うように砂利の敷かれた道が細く続く。対岸はと見ると、燃えるような秋の山の連なりが、くっきりと湖に映りこんでいる。その秋の色を目にしたアイは、突然、大学に入ってまもない頃の記憶に捕まった。

「あの子は今、どうしているのだろう」

大きな木に　真っ赤な葉
真っ赤な葉は　真紅の花びら
真紅の花びらは風をうけ　無数に飛びかい降りしきり
山に吸いこまれるように飛んでいた
そうそう　大きな木のかたわらに　秋の織りなすすべての色が
ずっと底までつらなった　すり鉢状の池があったのよ

あたりいちめんの秋色の　息をのむ美しさがとてもこわくて
声をあげて泣きそうになったわたしは
小さな女の子が池に転がり落ちていくのを　なんだか幸せな気持ちで見ていたわ
そう　ただ見ているだけだった
あの池に落ちても　秋の衣装をまとったあの子は　決して死ぬことはないと
わたしはあの子の背中を強くおした
そのあと　ほうけたように座りこんだわたしの中に
夕焼けが「あんた、寂しいんだね」とこっそり忍びこんだっけ……

この湖の水辺に青い石が見つかることがある。トルコ石を透き通らせたような色だ。青い石を持っている人には幸せが来るという。

かつて母親が、幼いアイに青い石を渡しながら言った。

「この石はね、〝しあわせを架ける釘〟というの。名前のいわれは私もよく知らないけれど……。なんでも昔、罪のない人に釘を打ちこんだところからきているらしいわ。その人の涙の色なんですって。アイ、この石をいつも持っていてね。あなたには幸せになってほしいから」

その時から、青い石は、幼いアイの首を飾るようになった。その石が、母親と諍《いさか》いをするようになった頃失くなってしまった。石はどこを捜しても見つからなかった。

水辺にポツンと一つ、いびつな形で水にぬれている青い石が目に留まった。捜していたものが見つかったような気持ちで、なぜか「助かった」と思う気持ちで、誰かに負い目を返せそうな気持ちで、アイはその石を急いで拾った。石を握りしめると、アイは追い立てられているかのように走りだした。

「青い石は『許しの印』だとお母さん言っていた。あの子に渡すまで青い色のままなら、あの子は私を許してくれるだろう」

走りながら、祈るように手を開いた。青かった石はすっかり色褪《あ》せて、ただの石ころになっていた。

「まだ、あの子をそのまま受け入れていない証拠なんだわ。あの子に会いたい。どうしても会わなきゃ。私が池に突き落とした……あの小さな女の子は……今どこにいるのだろう」

左手に、どっしりと生えている大木は光を遮《さえぎ》り、原生林を思わせる薄暗さと静けさを抱きかかえている。もう少し行くと大きな椿の木があるはずだ。春には道が赤くなる。椿の花で、首飾りをいくつも作ったっけ。

椿の木の前で、細い道を塞《ふさ》ぐように、年老いた男がしゃがんで湖を覗き込んでいる。ここを通り過ぎれば家はすぐそこだ。

「すみません、ごめんなさい。ちょっと通らせてください」

会釈《えしゃく》をして老人の後ろをすり抜けようとした時、湖に、丸い顔がぽっかりと、まるで水面に映る月のように浮かんでいるのが見えた。優しい、幼い顔だ。老人はその顔と話をしている。血の気のない丸い顔がゆらゆらと揺れている。口を動かして話をしている。

「あ・の・子・だ！」

アイは息を呑み、立ちすくんだ。

恐怖と混乱でいっぱいになりながら踵《きびす》を返すと、アイは夢中でもと来た道へと走り出した。走って、走って、息が続かないほど走って……そのうち気づいたのは、自転車隊と別れた道からは完全に外れた道を、自分が走っているということだった。

「この道って……？」

道は、螺旋《らせん》状になだらかな弧を描き、走れば走るほど螺旋の中心へと向かって行く。まるで螺旋が、アイを中心へ中心へと追いやっているかのようだ。元の道に戻ろうと、アイが逆方向に走り出すと、道もゆっくりと螺旋の向きを変えた。右に行っても、左に行っても、常にゆるやかな下り坂。つまりそういうことだ。この螺旋の道は行き止まり！

頭が真っ白になった。そんな中で、

「頭が真っ白になることと、ウサギやオポッサムの仮死状態は似ているような気がする。仮死状態って、自分を防衛しているようでもあり、無防備なようでもあり、そのメリットって何なんだろう。はたして敵の攻撃を回避できるものなのかしら」と考えていた。

「こんな時にこんなことを考えるなんてどうかしている。でも、うろたえても何にもならない。アイ、落ち着け！　落ち着きなさい！」

予期せぬ出来事に混乱しながら、アイは深く息を吸い込むと、城壁のような高い石壁にもたれて目を閉じた。

「〝ひと眠りしたら、たいていの事態は良くなっていることが多い〟って聞いたことがある。眠れば螺旋は消えているかもしれない……」

この言葉が次のように続くことを、アイは知らない。

〝そうでない場合ももちろんあるが、そういう場合の覚悟というものは、案外できていないものだ〟

極度の緊張と疲れが、打ちのめされるような眠さの中にアイを引きずり込んだ。放心したような表情でアイは眠った。

どの位眠ったのだろう。目を覚ますと、幼い子供が昼寝から覚め、あたりを見回し、そこに誰もいないと確かめた時の心細さに似た感覚に襲われた。すっぽりと取り残された感じ、明るく暖かな外とは繋《つな》がらない気分、自分の中身が取り去られたような頼りなさ。

けだるく、しんとした空間を確かめなければと、アイの頭と身体が働きはじめた。

眠る前と同じ螺旋の世界にいることがはっきりすると、身体が消えていくような寂しさが忍び寄り纏《まと》わりついた。不快さと脆《もろ》さを取り込んだ不安が、近づいては遠のき、また近づき……。不安は伸びたり縮んだりしながら、次第に一点に集約され、しばらくそこに留まると、波が引くように消えていく。そしてまた押し寄せる。

崩れてしまいそうな自分と、こういう時こそ自らを保てと姿勢を正す自分と、その二人を見て涙ぐみそうになる自分がいる。

今まで繋《つな》がっていると思っていた世界がいきなり消えた。眼の前に広がるのは……螺旋の世界だ。

何日間かが過ぎたようだ。時計を持たないアイには時間がわからない。

この世界に監禁されているわけではない。食べ物に困っているわけでもない。それどころか食べ物はふんだんにあった。螺旋の道の石壁は、手で触ると甘い香りの食べ物に変わり、それは素晴らしくおいしかったし、石壁の所々に取り付けてある、ライオンのレリーフが施されている水飲み場では、水はもとより、好きな飲み物がいくらでも飲めた。

何がつらいのだろう。もとの場所に戻れないと思う不安なのか、こぼれ落ちるように過ぎて行く時間への恐れなのか？　行き止まりの世界ではなす術もなく時が過ぎ、そのまま生を終えるしかないということなのだろうか。恐ろしいのは出口のない迷路。恐ろしいのは仕切りのない迷路。

アイは吸い取られていく気力にしがみついた。

「どうすればここから抜け出せるのだろう。それと、よく考えなければならないのは、私は何から逃げようとしているか……だわ。もう怖がるのは止めて少し歩いてみよう。もしかすると……あの子に会えるかもしれない……」

ゆっくりと立ち上がり、一歩踏み出したアイは、何かにぶつかった。闇がアイを見つけてすり寄るようにやって来たのだ。アイの手の届くか届かないかの距離に来た時、闇は突然、風船のように膨らんだ。ぶつかったアイの形そのままにへこんだ闇は、次の瞬間、慌てて身を引こうとしたアイを、マントのように両腕を広げ飲み込んだ。飲み込まれたらそこは闇だ。目を開けていようが目を凝らそうが、何も見えず、何も聞こえない。闇の声だけを聞くようになる。

闇は囁《ささや》く。

「いつまでもここにいていいんだよ。外は危ないからね」

こうして闇は、ピンクの綿菓子のように、フワフワと、あっちにくっつきこっちにくっつき、取り込んだものを消化し続け肥大していく。闇に触れたという感触と、頭が限りなく膨らんでいく感じが、アイに残った。

「確かに『闇』という存在があるのね。『闇に呑み込まれる』とはよく言ったものだわ」

闇の胎内にいるアイは、自分でも驚くほどの冷静さで納得した。

「心には闇があるというし、闇があるから生きづらいというけれど、だからどうだっていうの？あって悪いものなのかしら？　自分の中に闇があることを消そうとすると、闇に飲み込まれる。今までの私は、闇の中にいながら、闇とはとっくに縁を切った、と思い込もうとしていたのかもしれない。闇の存在を認めて覗き見つめることと、丸ごと飲み込まれることとは違うって、わかったような気がする。でも、闇と別れたあと、私はいったいどうしたいのだろう」

不思議に落ち着いている自分に気づき、アイの目は一瞬かすかな安堵《あんど》の色を浮かべたが、その色はすぐ消えた。

「湖に浮かんだ顔は、確かにあの子だったわ。

あの子はいつもいい子だった。私から少しでも離れると、道に迷うのが恐いといって身体をくっつけてきた。私の動きがすぐ伝わるように、取り残されないようにって……。あんまりいい子で、少し怯《おび》えた目で私を見るのがうっとうしかった。かつての私があこがれ続けた、純粋さ、ひたむきさ、ナイーブさを、あの子はいつまでも身にまとっていた。それらが他人を切りつけることもあると、いつの頃からか知ってしまったの。

そうよ、あの子がいつまでも同じ目をしていたから……。あの子と一緒だと私が生きていけなかったの」

遠くを見るような、あの子を追い求めるような眼差しで、アイは自分の中のことばを拾うと、闇に向かって語りかけた。

「少女から大人になる頃にね、ああでもない、こうでもない、といった『あやふやさ』がつきまとって、私はいつもその中で行きつ戻りつしていたの。形になりそうでならないことが辛いのかもしれないと思ったり、捉《とら》えようもないから苦しいのかもしれないと思ったり……。流れ始めた思考が元の場所に戻って、また同じ流れを流れるとでも言ったらいいのかしらね。

私の言う、『形になりそうでならない』というのはこういうことよ。よく聞いていてね。

『自分がわかることしかわからない。わからないということ自体がわからないかもしれない』とか、『〝これが自分だ〟と思う自分がいると混乱しないし、混沌とした不安を持たずにすむかもしれない。けれど、それって、いいことなのかどうかよくわからない』とか、『人間の営みが小さく見える、つまり、俯瞰《ふかん》する視点に立ったことがないのは危なっかしいことかもしれない。でも、小さく見え過ぎると、現実感がなくなってしまう危険もありうる』とか……。

ねえ、聞いてる？　ちゃんとわかって聞いているんでしょうね。わからなかったら質問しなさいよ。教えてあげるから……。次、行くわよ。えーと……。

『一生懸命生きてきたからといって、それがどれほどのものだろう。軽々と生きていけるならそれはそれでいいのかもしれない。それでも、一生懸命にならなければ、人生の深みもわからないかもしれない』とか、『ひたむきさは、人の心に深みを作るかもしれないけれど、鋳型《いがた》のように固めるかもしれない』とか……。

えっ？『もうその辺りでいい、わかった、わかった』ですって？まだまだあるんだけどな。じゃあ、残念だけど、この位にしておくわね。

とにかく、私の中で、こういったあやふやさが、グルグルグルグル回っていたわけ。自分で歩いていくほかないと頭ではわかっていても、その中で生きていくことは、実際のところ、大きな緊張を強《し》いるものだったのよ。何も考えていなかった頃に引き返せないことは、はっきりしていたしね。

それと、あなたの中にいて、こんなことを言うのも変なんだけど……。

昔ね、私、大学生の頃にね、いっとき、自由にとても憧れたことがあったの。他人の気持ちなんかどうでもよくて、自分の欲しいものを手に入れようとした。他人が傷ついても見て見ぬふりをしてね……。でも、私を繋ぎとめている……しがらみとでもいうのかなぁ、それを断ち切ったら、無限の広がりと自由があると思ったのに、そこは本当に孤独なところだったの。私は、絶対的とも思える孤独の中で、ぜんまいがはじけたようにバラバラに壊れ動かなくなった。境界が無くなることや無限の広がりが自由と関係があるというのは、きっと作り話に違いない、こんな恐ろしいところにはいられない、と急いで闇の中に、そう、あなたの中に逃げ込んだ。自由の意味が私なりにわかった今でさえ、無限の広がりと自由は、時に優しく、時に恐ろしく感じるわ。そんなわけで、闇さん、私、あなたにはずいぶんとお世話になったの。

えっ？　何？『あなたの言うようなことを扱うのが自分の仕事で大得意だ。せっかく捕まえたお客だから、ここから出られないように出口を塞ぎたい。〝ああでもないこうでもない〟を、一緒に捏《こ》ねくりまわさないか』ですって？　ああ、そうだった……そうだったわね……。ここに閉じ込めて出られないようにするのが、あなたのお仕事だったわね」

アイは考え深げにつぶやいた。

「あの頃の私は、自分の弱さを守ろうと闇の中に逃げ込んだ。そのために、自分を守れず更に弱さが増えた。傷つくことを恐れた。そのために、より深く傷ついた。他人のために生きていると思い込んだ。そのために、多くの人を傷つけ自分も傷ついた。でも、自分を生きると決めてから、私との関係で他人が温まるかどうかは、その人が決めることだと思えるようになったの。

あら、どうかしたの？　ねえ、あなた、小さくなったの？　まあ、本当に小さくなったのね。この中、少し窮屈になってきたもの……」

アイの顔に髪がほつれ、アイは唇を引きしめた。

「さあ、あなたからどうして脱出するか……だけれど、今の私には答えがわかっているみたい」

アイは両手を広げるとやさしく闇を抱きしめ、かつては自分を受け入れ住まわせてくれた闇に感謝をこめてキスをした。

「あなたは私、私はあなた。あなたのこと、これからも忘れないわ」

途端に闇は消え去り、アイの身体はもとの螺旋の世界に転がり出た。


かすかな羽音が、うなるような音となり近づいて来たと思うと、電球のような形をした、とてつもなく大きな蜂がまっしぐらに飛んできた。とっさに地面にうつぶしてやり過ごそうとしたアイのすぐ横に、羽が触れそうな距離に、電球蜂という形容以外は考えられない姿の蜂がとまった。

「ああ逃げられない。刺される。こんな大きな蜂に刺されたら死ぬかもしれない。きっと死んでしまう」

ギュッと目を閉じ身体を固くしているアイの耳元で、電球蜂が言った。

「結婚してくれ」

おそるおそる目を開けると、白目のない、アーモンド型に飛び出た電球蜂の目が、アイを見つめている。

「何を言ってるのかわからない。あなたは……蜂でしょう？」

やっと口がきけるようになったアイが、かすれた声で言う。

「蜂で悪いか。蜂で悪いか」

と電球蜂が言う。

「そうね……。考えてもいいわよ。私はここから出たいの。あなたがここから出してくれると言うのならね」

アイの言葉を聞くと、電球蜂は、「蜂で悪いか。蜂で悪いか」と繰り返しながら、もと来た方角へと飛び去った。

螺旋の世界の昼間は明るい。けれども、ここに人はいないはずなのに、時々、思わず後ろを振り返ってしまうようなひそっとした空気が漂う。誰が、何を思い、この場所に、この硬くて冷たく重い石壁を造ったのだろう。石壁に区切られて空は見える。雲の辺縁が朱色に染まりオレンジ色に変わる頃、陽が昇り、青からオレンジ色へと境目のないグラデーションの帯となる頃、陽が沈んだ。夜には星が見えた。以前はあんなに星に話しかけていたのに、星はいつも一緒だったのに、と忘れ物をしてきた年月を思う。

この螺旋の世界で何日過ごしたのだろう。その夜もアイは、いつものように寝転んで星を見ていた。今日の夜空は変だ。すぐそこに広がって、まるで手が届きそうだ。星の形も変だ。点滅もしない。アイは目を凝らした。満天の星だと思ったのは、青い光を放つ土ボタルだった。

「以前、鍾乳洞《しょうにゅうどう》の中で土ボタルを見たことがあるけれど……。光るのは幼虫で、幼虫が蛹《さなぎ》になって成虫になるとメスは卵を産む。成虫には口がなくて、幼虫の餌《えさ》となって二〜三日で死んでしまうって、私を案内してくれたガイドさん、確かそんなこと言ってたっけ……」

土ボタルの成虫には口がなく、幼虫の餌になるというくだりがやりきれなくて、今までアイは、土ボタルの青い色を遠ざけてきた。青い光を眺めながら、アイは、土ボタルの棲《す》む鍾乳洞にいた、目のないエビ、色の無い魚を思い出していた。

口がない、目がない、色がない世界に住むとはどういうことなのだろう。昔、アイがよく逃げ込んだ、他人には見せない小さな部屋に、色はなかった。アイ自身、口も、目も、耳もなかった。それは、アイが大真面目であっても、固く未熟であるがゆえに招いた結果にほかならなかった。その一方、時代の流れに否応なく巻き込まれたために、口を塞がれ、耳を覆われた競争馬のように視野を遮られた世界があることも、アイは知っていた。個として生きることを許されない世界、個を消し去った色のない世界……。

学生の頃経験した場面が甦《よみがえ》った。

戦時中に掘られた真っ暗な穴の底に粗末なベッドが置いてある。このベッドに横たわるということは死の宣告を受けたに等しいことだった。

「あなたがその人であっても何の不思議もない。その人の痛み、苦しみ、想いは、普遍的にあなたのものだ」とベッドは言っているようだった。

その声を反芻《はんすう》しながら、続く部屋に歩を進めたアイの目に飛び込んできたのは、一部集団自決を含む、戦争で亡くなった少女たちと教師が、その当時の年齢のまま時を止めた写真だった。写真は圧倒的な力で時を切り取っていた。彼女たちにとって、自由でのびやかな生を生きることは絵空事だった。夢見ることはおろか、自分を生きるということ自体考えられないことだった。

花びらが開く可憐《かれん》さをとどめた表情はおそろしく生真面目で、純粋というには痛ましいあどけなさを残し、それでも年齢よりもずっと毅然《きぜん》としていることがアイの胸に突き刺さった。突き刺さったものを決して抜いてはいけない。彼女たちの伝えられなかったことば、伝えたかったことばを忘れてはならない。その時心に刻み込んだはずだった。

それなのに今の私は……。


アイは大きく息を吸い込んだ。螺旋のすり鉢から出る方法を考えなきゃ……。

螺旋の石壁には、外に通じる門が九時の位置に、すり鉢の底まで整然と並んでいた。けれども、門は、木でできているとしか思えない無表情な衛兵たちに守られていて、衛兵はアイが近づくことを無言ではばんだ。門から逃げることはできなかった。衛兵は取りつくしまがなかったけれど、彼らの制服はすこぶる粋《いき》なものだった。それは、ミケランジェロがデザインしたと言われているバチカン国の衛兵の、あの鮮やかな配色の服に匹敵するほどだった。その上、衛兵たちは無表情な顔に似合わずとても器用だった。螺旋を取り巻く石壁は、彼らが非番の時に書いた絵や彫刻でびっしり埋まっていた。

何日、何か月が過ぎたのだろう。この間、アイは何もせず、無駄に時を過ごしていたわけではない。アイは螺旋の道を、螺旋の底に向かって少しずつ歩き始めた。少しずつというのは、螺旋の道が歩く距離を決めているらしく、それ以上先に進むことはできなかったのだ。

こうして、螺旋の道を隈《くま》なく歩くことになったアイは、門を守る衛兵に会うたび丁寧に挨拶をし、一人一人に話しかけた。そうしているうちに、アイは、衛兵たちの身振り手振りが次第に理解できるようになった。

ある日、ついに、アイは円形の広場を形作っている螺旋の底に辿《たど》りついた。

この場所で、アイはあることを期待していた。

「必ず、ここで、会えるはずだわ」


螺旋の世界はいつもと違って見えた。いつもなら門を守っているはずの衛兵たちは、手に手に楽器を携え広場に整列していたし、広場は野の花で埋め尽くされていたのだ。

衛兵たちは、アイを見ると、白い服をうやうやしく差し出し、着るようにと身振りで示し、目の前の壁を指さした。そこには、彼らがアイに伝えたいらしいメッセージが、絵となって順序よく描かれていた。彼らは絵を指さしては、何度もアイに説明した。

「これから葬式とあとつぎの儀式が同時に行われる。あなたがそれを執《と》り行う」

信じられないことだが、アイはどうやら、螺旋の世界のあとつぎらしいのだ。

「私があとつぎですって？　それにお葬式って、一体誰の？」

いぶかるアイに向かって、衛兵は白い服に着替えるようにと促した。そして、亡骸《なきがら》を砂に埋めてほしいと伝えた。

「亡骸ですって？　誰の？　誰の亡骸なの？」

アイの質問には答えず、彼らが熱心に、身振り手振りで伝えた儀式の順序はこうだった。


マントを広げる。

一握りの砂を掬って、できた窪《くぼ》みの横に置く。
砂を掬った窪みに、亡骸があらわれる。
亡骸を左手で抱き抱え、右手でマントを窪みの上に移動させる。
マントに亡骸を横たえる。
葬式とあとつぎの儀式はそれで完結する。
亡骸は、マントと共に、再び砂の窪みに消えていく。

「今から儀式が始まるから一緒に来なくてはいけない」
一人の衛兵が、白い服に身を包んだアイの頭に、野の花で編んだ冠をのせた。その瞬間、木でできているはずの衛兵の顔が、湖で出会った老人の顔になり、次いでアーモンド型の目をした若者の顔に変わった。冠に飾られた野の花が、そっとアイに囁き、小声で歌った。

広げたマントを動かすな　窪みの上に乗せちゃだめ
広げたままのマントに乗れば　あなたは外に飛び出せる
窪みの上に乗せたなら　あなたは永遠《とわ》にこの世界
一度封印されたなら　二度と外には出られない

アイは若者から渡されたマントを広げ、地面に膝をつくと砂を掬った。掬ったあとの窪みにみるみる水が湧き出し、丸く幼い女の子の顔が浮かんだ。老人が話しかけていたあの顔だ。

思った通りだ。ここと湖は繋がっている。ということは……。螺旋の世界は……私の過去そのもの！

「ああ、やっぱりあなただった。やっと会えたわ。会って謝らなければと、ずっと思っていた。あなたは小さい頃の私でしょう？　私の寂しさ、悲しさ、私の弱さよね。あなたのままでは生きていけない、二度と会いたくないと、切り離し突き落とした私でしょう？　でも、そうしたあとで、私の人生を生きて動いて存在しているのは、果たして誰なのかとよく思ったわ」

アイは水の上にかがみこみ、両手で女の子を抱きあげると、マントを窪みの上に移す代わりに大きく深く息を吹き込んだ。

「あなたは亡骸なんかじゃない。あなたは死なないわ。私が死なせない。私と一緒に生きるのよ。私と一緒に生きるのよ！」

アイは囁くように話しかける。

「あのころ、私は自分が大嫌いだった。大嫌いなのに、自分が嫌っている私を、他の人に愛してほしいという理不尽さに気づいたの。それって、誰からも愛されないということでしょう？

『誰からも愛されないのよ。それで？　泣くわけ？　甘いわね』

自分の声に怯えたわ。芯が裂けていくような空虚さに、誰もはいれない、誰もいれない部屋を作ったの。でも、誰かのノックを待っていた。幻想だとわかっていてもね。通り過ぎてしまった道、ふり返った道は、闇が覆った。私が生き残るためには、あなたを闇に閉じ込めるしかなかった……あなたを突き落とすしかなかったの。二度と会わないと決めてね。でも、この螺旋の世界で闇に出あって、闇を認めれば、闇は敵ではないと分かったの。だから、ここまで来ることができたのだと思う」

青く透き通った小石を両手で包むように持った女の子は、アイの胸の中で静かに息づき始め、血の気の無い顔に生気が戻ってきた。女の子の体は驚くほど軽く、抱える腕の中にすっぽりと包みこめる哀しさが、アイの胸を突いた。

「あなたは、こんなに小さかった……のね」

涙にくぐもった声は声にならなかった。

「寂しかったでしょ。温めてほしかったね。泣いてほしかったね。恨んだでしょう。憎んだでしょう。怒りであふれたでしょう。あなたを愛したくて、でも、愛しきれずに、愛せなくなったの……」

涙を振り払うと、アイは落ち着いた口調で女の子に言った。

「とにかく、この螺旋の世界から出るわよ。もちろんあなたと一緒にね」

若者は、アイを捕まえようと思えば捕まえられる距離に立っている。女の子に話しかけるアイの声は聞こえているはずなのに、アイの必死な目が若者の目と合った時、若者はなぜか、アーモンド型の目を天に向けた。その隙に、アイは女の子を抱きかかえ、野の花が歌ったとおり、広げたままのマントに飛び乗った。アイの後ろで、「蜂で悪いか。蜂で悪いか。私が呼んだ。私が呼んだ」という声が聞こえた。

アイと女の子は、マントの上で星を見た。星は、昔見たように光っていた。延々と光っていた。外の世界だ。私が生きていた元の世界だ……！

アイはマントから降りると、幼い頃住んでいた家に、女の子を抱きかかえたまま飛び込んだ。

……そこにアイが見たものは……アーモンド型の目をした電球蜂と、曲がりくねったあの螺旋だった。

「おかえり、アイ」

女の子をしっかり抱きしめたまま、アイは、静かだけれどはっきりした声で言った。

「私はあなたと結婚するわ。あなたがこの子を助け、あなたが私を螺旋の世界に連れて行ってくれたのでしょう？　デジタル時計を逆送りにしたのもあなたでしょう？

昔、小さな部屋に閉じ込めた私を、今はこうして抱きしめたり横に座らせることができる。それもあなたが仕組んだことね。でも私、螺旋の世界には戻らないわよ。螺旋の家にならなら住んでもいいけれど……」

アイが言い終わらないうちに、「ここがそこだ、そこはここだ」という声と共に電球蜂は姿を消し、代わりに青い目をした若者がアイの傍らに立った。

若者は続けた。

「ここが、あなたが帰るところで在るところだよ」

アイが応える。

「私は私と共にいる。そしてあなたの傍らに、あなたと共にいる」

若者が言う。

「ボクは、壊れる前も壊れてからも、あのデジタル時計の中の世界に住んでいた。アイが、いつボクに気づくかずっと待っていた。ボクの仕事は、アイが〝無いもの〟にしたかった過去を、その時々に結びつけてアイに返すことだった。いつの頃からか、あなたと時を共にしはじめたボクは、よくこんなことを思ったものさ。波が二人で遊ぶってどういうことかなってね。渾然《こんぜん》一体となるということばがあるよね。波は溶けあい混ざりあう。でも、そうなっても、水の分子はそれぞれ別なんだ」

アイが応える。

「究極、二つのものが一つになるということはないということね。一つになるということはもう一つが消えてしまうことかもしれない。二つのものが元の姿とは別のものになってしまうことかもしれない。同じような心はあっても、同じ心はないってことね。でも、違いを知りながら、波が二人で遊ぶように二人でいることができるって、なんと幸せなことかと思うわ」

若者の名前はレイといった。

アイとレイは、今は二人で螺旋の家に住んでいる。といっても、階段が螺旋階段というだけだけれど。

アイは、M病院に勤務する傍ら、長い間遠ざかっていた絵筆を取り、学生の頃の記憶を胸に、花開く前に散った少女たちの想いを、キャンバスに映しこむように色を重ねた。どうしても、豊かな色彩の中に少女たちを置きたかった。かすかにあどけなさを残した少女の横顔が、真《ま》っ直《す》ぐな目で遠くを見つめている。その周りは緋《ひ》色の花で埋められ、背景に、廃墟《はいきょ》の街が浮かぶように描かれている。

レイが言った。

「素敵な絵だね。アイの心が描かれているようだ。話しかけられているみたいだよ」

「この絵のシリーズをライフワークにしたいの。私の描く絵が、彼女たちのことばになれますように……と心から願うわ」

「それなら……アイ、〝ことばファクトリー〟という所があるんだけど行ってみる？　ボク、〝ファクトリー〟の特別会員なんだ。〝時〟にことばを結びつける技術を持っているってことでね……」

レイは照れくさそうにそう言うと、少し口ごもりながら付け加えた。

「実は……。〝ファクトリー〟に行くには、ボクは電球蜂にならなきゃならないんだ」

アイはレイに微笑《ほほえ》んだ。

「あのマントに乗れば一人で行けると思うわ。レイと一緒に行けたらなおうれしいけれど……。私、レイにお礼を言わなきゃいけないいの。

私ね、小さい頃の私には二度と会えないと思っていた。切り離したのは私だもの……。その私が、今更、螺旋の世界、つまり私の過去にことばを送り届けるなんて、できない相談だと思っていた……。閉ざされた世界だしね。でも、レイが、電球蜂の姿になって過去と私を結びつけてくれた。螺旋の世界そのものが、〝時〟に結びつけられたことばだったのね。

レイが会わせてくれた小さい私は、昔失くした『許しの印』の青い石を持っていたわ。その時わかったの。私があの子を受け入れたんじゃない、あの子が私を受け入れてくれたんだって。螺旋の世界で、私は愛と許しを知った。それだけじゃない。絵のモチーフまで見つけることができたのよ」

「そう言ってくれると、ボクも本当にうれしいよ。でも、一種の脅しだったかもしれないね。過去を受け入れないまま、出口のない過去の世界をさまようか、過去を受け入れて、見た目は恐ろしいとしか言いようのない電球蜂と結婚するか、の二者択一なんてね」

二月、新しい命が生まれた。

我が子と共に退院したその日、アイは、部屋にかすかな気配を感じ、横で眠っているレイを起こさないようにそっと起き出した。

アイの周りを、かすかに光る、ふわふわもこもこした数個の小さなものが取り囲んでいる。ベッドに座ると、小さなものは我さきに、アイに抱いてほしいと言わんばかりに集まってきた。花のような顔から、甘いにおいがする。そのにおいが、この小さなものは、小さな命だとアイに教えてくれた。かつて病院で出会った、誰かの胸に抱かれるはずだった命、誰かの腕をすり抜けた命……。

「ああ……あなたがここに連れて来てくれたのね」

アイは感謝に溢《あふ》れた声でそう言うと、眠っているわが子にそっと頬《ほお》を寄せた。

小さなものたちは、アイと、アイの描いた少女の絵をかわるがわる見ては、何かを伝えたがっているようだ。

「……ああ……わかったわ……〝ファクトリー〟に行きたいのね……。私も行くのは初めてだけれど……」

アイはマントを取り出し広げると、小さな命をしっかり抱きかかえた。そして、油絵の中の少女に、「あなたも私と一緒に……」と小声で言ったあと、マントに伝えた。

「〝ファクトリー〟へ。お願い……」

〝ファクトリー〟に着いた小さな命は、一人の男性に迷わず近づき、その手や腕や膝や胸に、座り、寝転び、眠り、そして笑った……。

その人は慈しむように微笑《ほほえ》み、右手を少し上げ何か合図をした。すると、〝光の子〟たちがまっしぐらに飛んできて、ハンモックの形になったと思うと、小さな命を取り巻き守るように飛び立った。行く先は……取り残され、伸ばした腕の空しさを見つめ、涙の日々を歩いているあの人のところ、この人のところ……。小さな命は、いつもあなたの、ほら、すぐそこに……。いつもいつも、そばにいる……。〝光の子〟らに守られてあなたの腕の中にいる……。アイは、小さな命を絵の中の少女の思いに重ねて祈った。命とことばのあたたかさが、あなたに届きますように……。あなたの中で、いつまでも生き続けますように……。

翌日の朝、レイが、積もった雪をかき分けかき分け、玄関のドアから門までの道を作っている。アイは胸のつかえが取れたかのようにホッと息を吐くと、微笑《ほほえみ》を浮かべた。

ケイが、レイとケイの姪にあたるアイ、レイとアイの愛娘《まなむすめ》リンを祝福するために訪ねてきた。三月の終わりの庭はうっすらと春草が萌え出し、風のない日の暖かさはアフタヌーンティーを楽しむのに十分だ。

ケイがいたずらっぽく尋ねた。

「ねえ、アイ。レイはもう電球蜂になったり、アーモンドの目になったりはしないの？」

聞きつけたレイがアイの代わりに答える。

「これは、覚えているから悲劇になるという話なんですが……。あるイスラムの物語です。『古い水をためていた男が一人だけ新しい水を飲まなかった。残りの住人はみな新しい水を飲んで頭がおかしくなるのですが、この人たちにとっては古い水を飲む男こそおかしいというわけで、男は仲間外れにされてしまいます。ひとりぼっちになった男は、寂しさのあまりついに新しい水を飲んでしまう。するとこの男も他の人と同じようになってしまって、男はためておいた水を捨ててしまい、その存在すら忘れてしまう。住民からは奇跡が起きて男が正気にもどったと喜んで歓迎される』*という話です。新しい水を飲んだ男は狂気となって、古い記憶をなくし古い水の存在も忘れますが、新しい水を飲んで狂気となった人たちからは、正気になったと迎え入れられます。だからこそ生きていけたという、狂気とは比較の問題だと言っているのですが、ちょっと怖い話でしょう?」

アイが続ける。

「私は、この話の逆みたいなの。少女から大人になる頃、私は、あやふやさの中で行きつ戻りつしながら、自分が辿りついた意識の中でしか生きていけなくなった。その新しい意識という水を飲んだために元の場所に戻れなくなったような気がしたわ。だから、過去を闇に閉じ込め無いものとして生きていこうとした。でも、まわりの人たちからは離れてしまって、滲《にじ》むような寂しさを抱え込むことになって……。そのあと、私は青い鍵を手に入れて、鍵を使えば使うほど寂しさは増すのに、それでも使い続けた。鍵を失くして、他人の声が聞こえなくなって途方にくれる私を、あのマシュウが海に導いてくれた。いろんな海に出会って、そのままの自分を受け入れて、やっと私は私を生きていけるようになったの」

「ボクの役目は、彼女が小さい頃の自分を無いものにしようとしたら、螺旋の世界から二度と出られないようにすることと、彼女が切り捨てたと思っている過去を彼女に渡すことでした。彼女が螺旋の世界に来る前のアイに戻りそうになったら、ボクはまたアーモンドの目の電球蜂にならなくちゃいけない」

アイはレイに微笑んで言う。

「レイ、もうそんなふうにはならないわ。マントから飛び降りて家に飛び込んだ時、目の前に螺旋の世界があったでしょう。白状するけど、実は、その中に引き戻されたい誘惑があったの。かつては、私を繋ぎとめていた馴れ親しんできた世界……。二度と戻りたくない、切り捨てたと思っている過去はいつも口を開けて待っている、そして、そこに居ることは私自身が望んでいることだ、と身に染みて分かった。だから、過去も、今も、これからも、全ての私を引き受けなくちゃと思った。小さい頃の私も、誰にも曖昧に頷いて頼りなげに歩いていた私も、全部の私をね。そう思った時、螺旋の世界はいつのまにか私の中に収まっていたの。その証拠に、小さい頃の私はもう寂しがっていないし、いつでも横に座らせることができる。まだ時が来ていないと私を拒んだ若い娘も許してくれた。私は、いつでも彼女をハグできるようになったもの」

レイが、ケイにお茶を勧めながら言った。

「アイは、マシュウと、マシュウに導かれた海の話をよくします。いろんな海に出会ったあと、アイは新しい海を抱えることができた。そんな心を持つ誰かに会いたくて、自分と同じ心を探し続けたようです。『そんな心に出会いたかった。それが電球蜂だったなんてね』そう言っていたずらっ子のように微笑んだこの人を、ボクは力の限り思いの限り、受け止めようと思ったんです」

話し終えた二人は顔を見合わせると晴れやかに笑い、アイは愛おしむようにリンに頬ずりをした。

＊『あなたの人生も物語になる　ゲシュタルト療法に魅せられること』（日本評論社）52〜53頁

マイの場合

1　繰り返し見る夢

広い通りとT字路をつくるこの道は、青信号の時間が極端に短い。右手にコンビニエンスストアがある。三方向から入ることができるこの角はコンビニにはおあつらえむきだと、赤信号の待ち時間、マイはぼんやり考えていた。事実、ゆっくりと出る車、入ってくる車で、駐車場は満杯だ。

「コンビニがオープンしたのは……たしか半年前、いやもう一年経つかな。その前、ここには何があったっけ」

数えきれないくらい通った道だ。そこに在ったはずの光景が思い出せない自分を、どう扱っていいのかと戸惑う自分がいる。記憶を……手繰り寄せて……そうそうガソリンスタンドだった、何度もここでガソリンを入れた、と繋《つな》がった記憶にほっとする。

こうした曖昧《あいまい》さが、かつては在ったものを無かったものにしていく。記憶が消えていくとは、こういったことなのだろうか。

マイの母親は、

「マイが幸せになったときのためにね」

と、自分の愛も持ち物も、全てその時のために使わずにいた。

「この水はマイが幸せになった時に飲む水だからね」

娘の喉《のど》が乾いていても、そう言い続けた。

彼女は、マイが、今欲しいものを、いつも、何も、持ち合わせていなかった。結局のところ、彼女は娘のために何もしてこなかったし、これからもしないだろう。

マイは、この母のもとで育った。


先ほどからマイは、受話器を耳に当てるでもなく握っている。その向こうで、母の声が呪文のように続いている。途切れることなく響いている。

「この前、そちらに伺いました時に置き忘れてきたのですよ。何をですって？　まあ、覚えていないのですか？　母親の形見ですよ。知りませんって？　どうして私の言っていることがわからないのでしょう？　ところで、あなたはどなた？」

情けなさと憤《いきどお》りを綯《な》い交《ま》ぜにしたような母の表情が伝わってくる。説明は母に届かない。理解することをとっくにやめた母は、混乱と当惑の中にいる。

受話器から細い糸が吐きだされ、マイはその糸に巻き取られ身動きできなくなる。生き物のように絡んでくる感触を振り払うように受話器を置く。〝ゴトッ〟と音がした。

誰も聞いていない受話器に向かって母は話し続ける。その目が次第に濁っていく。母を取り巻く空間が歪《ゆが》み、母を呑み込む。受話器を持ったまま、母は呑み込まれていく。何もない空間の中で、その目は見開かれ、でも何も見てはいないのだ。母の目はそのまま自分へと向かう。自分の中を二つの目で凝視する。

「忘れちゃったよ」

テレビの中で老人が言っている。

「昨日《きのう》もここに来られましたよね」

アナウンサーが確かめるように言っている。

「あー、そう？　忘れちゃったよ」

記憶を失うことへの苦悩の色はなく、歯の抜けた口を大きく開けて老人は笑っていた。

現実の時間と空間が歪んだりぼやけたりしはじめた頃の、母の心細さ頼りなさが、胸を刺す。他人にはわからない、一人で味わう心もとなさだ。

自分を母と置き換えてみる。「呆ける」ということの本質が見えてきて愕然《がくぜん》とする。やがては、この愕然とする感覚さえどこかへ消えていくのだ。相手という概念も、自分という枠組みも消え、自己感覚が希薄になり、薄もやのかかる視界に方向を見失う。名前も意味も無くなった世界が、自分を取り巻く。

考える手段である〝ことば〟が、盗まれるようにどこかへ消えていく。無くなってしまった軽さでフワフワ歩く。奪い取られ抜け落ちた跡を埋める物も術《すべ》も無く、空洞がじわりと広がっていく。ことばを失うとは、そういうことだ。

左手で頬杖《ほおづえ》をつき、受話器に右手を置いたまま、マイは雨の雫《しずく》が伝い落ちる窓を見ている。いろんなことを思う。今までの人生を思う。必ず自分を生き、今からは幸せになると信じ、母を意識から締め出し、切り離した。それがゆらぐ、こんな時に……。切ない時間が流れる。


マイの乗った〝こだま〟は、M駅でやけに長く止まった。通過列車待ちだ。

ここは母のいる街。

あの小綺麗《こぎれい》で清潔な建物の中に母がいる。そこで母が穏やかに過ごしていると思うことで、マイは自分を慰め、下を向く。降りて会いに行こうと思えば行けるのに……と下を向く自分を責める自分がいて、居心地の悪い時間を、手のひらに爪を立て、少しずつ多くなる街の灯《あか》りをぼんやり眺めてやり過ごす。母が幸せを取りこぼし続けたあと、自分を見失うことと引き換えのように、今の平穏に辿《たど》りついたのだと思うと、やはり辛い。母に残された時間、与えられている時間は、それほど長くはないという思いに突き上げられる。


「ママが幸せになりますように……」

小学生の頃、マイはよく祈った。

「あの人が生きていれば……。生きていればもっと違っていたのに……」

母の口癖だった。取り戻せない悲しみ、どうにもできない苛立《いらだ》ちの中で、母は生きてきた。

父親は、マイが小学三年生のときに亡くなった。法律家だった父親と同じ道を歩むことが、当然のように、母の期待、切なる願いとなった。マイがカウンセラーの道を選んだとき、ことばにこそ出さないけれど、母ははっきりと落胆の表情を浮かべた。

マイは、木霊《エコー》の谷に迷い込む。

マイがつぶやく。

「あなたは愛されてなんかいないのよ」

〝そうよ、あなたは愛されたことなどないのよ。これからもないのよ。これからもないのよ……これからも……〟

木霊は何度も何度もマイのことばを繰り返す。マイは目を閉じる。

「私は悲しみを食べて生きてきた気がする。愛に飢えて育ったものは、満たされない心を抱えて、愛に貪欲《どんよく》になるのかもしれない。愛を信じたくて、疑う心に苦しむのかも知れない」

〝あなたは一人なの。この上なく一人なのよ……〟

木霊はそっと囁《ささや》くだけなのに、溶けていく寂しさにマイを引き込む。波が、静かに押し寄せまた引いていくようなジワリとした感覚が忍び込み、マイの中に拡散する。

〝愛された数しか愛せない。愛されたことのないものは愛を知らない、人を愛せない〟

このことばに胸を貫かれ、マイは自分を封印し、母を振り向くことさえ止めた。愛された数を知らないマイは、封印した世界を漂う。暗闇の中にポツリと浮かび、胎児のようにうずくまり、膝に顔を埋め、泣き疲れてもなお涙が伝う。

「ママは、家の中に罪と罰を呼び込んで、愛と喜びをしめ出したのよ」

そう、母は何度もマイを殺した。愛するものを取り上げ追いやることで、マイの前に立ちはだかることで……。

母から逃げるために掴《つか》んだものが逃げ道を塞《ふさ》ぐ。落ちていく自分を、自分は支えられない。


母の調子が思わしくないと連絡を受けたのは、一か月ほど前のことだった。

マイは今、病院のベッドの傍《かたわ》らに座っている。何もしなかったことへの後ろめたさ、暗さが、見えない壁となって母とマイを隔てる。ベッドに横たわっている母は、窓から差し込む光に向かってサラサラ流れているかのように、輪郭が次第に薄くなっていく。母の顔は安らかだった。

マイは思い出した。

「そう言えば、何時だったか、箪笥《たんす》の引き出しに、大学の学費の振り込みの束を見つけて、『どうしてこんなもの取っておくの？』って聞いたら、『どうしても捨てられないのよ』ってママ言ってたね。それからしばらくして、『今日、あなたへの振り込みの束を捨てたのよ。今まで取っておいたんだけど……。でも、何か切なくて辛かった。中身はまぎれもなくマイと私の時間だったからね。マイと私を繋ぐものだったからね』ってママは言ったの。

私が選んだ道は、ママにとっては期待外れだったのでしょ？　どこかでそう感じてた。

ママに対する負い目のようなものが、私にはあって……。それが、いつも感じるポツンとした孤独に繋がっていたみたい。ママは私に、パパと同じ仕事を選んでほしかったのでしょうけど、私に法律関係の仕事は向いてない。

私はカウンセラーの仕事が好きよ。人の心を受け止めるって、人を信じるということだもの。でも振り込みの話を聞いた時はうれしかったな。ママは、こういう形でしか気持ちを表わせないんだって、初めて分かったから……」

考えているだけでは、思っているだけでは、伝わらない。

マイは、叶えられなかった思いと、お互いの心が重なることの難しさと不思議さを両手に包み、母の手をそっと握った。

少し一緒に眠ろう。母の腕に頭を預けたマイは、幼子のように眠った。

翌日、母は息を引き取った。

道で霊柩《れいきゅう》車を見ると、親指を中にして拳をつくる。子どもの頃からの癖だ。

「親指を隠さないと、親と早く死に別れるんだよ」

このことばに怯《おび》えて親指を中に折る。私を愛さなかったのに、私を暗闇に沈めたのに、と思う心とは裏腹に、反射的に親指を隠す。母が亡くなった今もそうしている自分に気づいて、マイはなぜかホッとする。

母の死後、心にあいた穴を埋めるように、マイは旅行に出かけた。

その途中立ち寄ったプラハの小さなお店で、マイはマリオネットの魔女に出会った。店で一番キュートな魔女が、彼女だった。

その魔女は、黒いとんがり帽のつば広帽子をちょっと斜めにかぶり、黒いフェルトの長袖ワンピースの上に、ベージュ、茶、グレイの格子のショールを実に様になるように巻き付け、箒《ほうき》を抱きかかえるように持っている。花束のようなピンクのコサージュは、布を止めるピンの役目も果たしているようだ。銀茶のセミロングの髪はバサバサと広がって帽子からはみ出し、垂れ下がった高いわし鼻には大きな茶色のシミが浮き出ている。太い眉の下の、アイシャドウで隈《くま》取りされた窪《くぼ》んだ大きな目の色は、光線の具合で緑に見えたり茶色に見えたりと、定まらない。縦ジワに囲まれたお世辞にも小さいといえない口は、ピンクの口紅に鮮やかに艶めいて、しゃくれて尖った顎《あご》へと続く。そして、なぜか裸足《はだし》の足の爪には、黒いペディキュアが入念に施されている。要するに、何とも小粋で、雰囲気のいい魔女なのだ。


キュートと名付けられ、スーツケースに収まり日本にやって来た魔女は、マイとマイの部屋がお気に召した様子で、そのうち二人はすっかり意気投合した。マイはキュートに気を許し何でも話すようになった。緑の目でマイを見つめ、茶色の目でマイの話を聞くうちに、キュートはマイをすっぽりと理解した。

そんなある日、魔女キュートが言った。

「マイに話したいことがあるよ。こんなことをママから言ってほしかった、あんなことをママに伝えたかったって、いつまでたってもママのことが引っ掛かっているマイに、〝ことばファクトリー〃の話をしておくよ。

魔女には、「魔女連」という組織があるのさ。申し込むとちょっとした審査があって、それにパスすると、自動的に〃ことばファクトリー〃のメンバーになる。メンバーになると、亡くなった人のことばを〃ファクトリー〃に届けたり、ことばを磨いたり、ことばを待つ人たちに届けたりするよ。〃ファクトリー〃の仕事は、他人のためだと思っていたら、自分のためだったりするのさ……。

マイのようなカウンセラーは、相手に届くことばを持っていなくちゃいけないからねぇ。マイが本当に願って、その時がきたら、私がマイを〃ことばファクトリー〃に連れて行くつもりだよ」

マイは、キュートの話を、半分信じた。

母が亡くなったあと、繰り返し見る夢がある。いつも涙の中で目が覚めた。けれども、昨日、マイは今まで見ることのなかった夢の結末を見たのだ。夢ではない現実として……。

夏の夕暮れ。ほの暗い中をマイは駈け出した。

急ぐ理由も駆け出す理由もないと頭ではわかっていても、焦りで口は乾き喘《あえ》ぎそうになる。橋を渡り、公園を突っ切り、車をさえぎるように道路を渡ると、家の玄関に続く道を駆け抜け、飛び込むようにドアを開けた。

食卓の上に用意された夕食と、点《とも》っている灯《あか》りを、息を詰めて見つめたマイは、テーブルと椅子に掴まり、くずおれそうな身体を辛うじて支えた。

目の前の光景を見た途端、

「ここには誰もいない。やっぱりそうだ、誰もいない。思った通りだ」

と一瞬のうちに悟ったのだ。

食卓に並べられた夕食も灯りも、ここにいた人が、いつも一人で、いつも一人で、いつ帰って来るかわからない誰かを待っていたことを物語っていた。

駆け出す前から誰もいないと知っていたはずだ。なのに、なぜこんなに急いだのだろう。

マイの中にある、そこに誰かを期待する、押しよせるような気持ちがそうさせたのかもしれない。自分の中にともっている灯りを見たからかもしれない。

駆け出したときの、不安と、期待と、胸がつぶれそうな思いを残したまま、誰もいないことに納得しながらも、マイは、小さな子どもが迷子になった時のようにうろたえ、落ち着きをなくし、二階につづく階段を見上げ、夕食が用意された食卓を見ては、そこにいない人を捜した。

足元がぐらつく。恐れ怯えて、自分の責任ではないのに自分が悪いと思うマイが、自分が何とかしなければと思ってしまう昔のマイが、そこに居た。

マイは、初めて、

「知恵がほしい。ママに伝えることばが欲しい」

と願った。

マイはこの場所を封印し、意識の外に置き去りにしてきた。意志の力で遠ざけ続けようとしてきた。ここに来てはいけないと思い込もうとしてきた。

「私は、寂しさにすっぽり包まれるように生きてきた。でも、今ならわかる。寂しさが纏《まとわ》りついたのは私だけじゃない。ママも同じだった。だから私はここに来た。ここに来ればママがいると思って……ここに来たの……」

マイは、ここで母に会い、生きてきた分だけ母を抱きしめ、母の中にマイ自身を注ぎ込みたかった。どうしても会いたかった。

「私だよ。マイ、落ち着いて。うろたえるんじゃないよ」

聞き覚えのある、少し鼻にかかった声がした。

「マイ、ぼんやりしていないで、とにかく私を下ろしておくれ」

胸元から聞こえる声はキュートのものだった。魔女は、マイの服の襟《えり》に、ブローチとしか見えない姿で小さく留まっていた。

「ああ、キュート、あなたなのね……。キュート、どうしてここに……?」

急いで小さな魔女を椅子の上に置くと、魔女はたちまちマイほどの背丈になった。足には、マイがあちこち探しまわってやっと見つけた柔らかい鹿革の靴を履いている。

「マイがこの場所に、いつも見る夢の場所に、来るように仕向けたのは私さ。それはマイのため、マイがもう苦しまなくても済むためだよ。それはそうと……頼んでおいた私の仲間も、そろそろやって来る頃だが……」

魔女は戸口の方を窺《うかが》った。

何人かの人の気配と囁くような声がした。

「マイは隠れておいで」

魔女に言われて、マイは慌てて階段を駆け上ると、踊り場の暗がりに身を隠し、手摺《てす》りの間から下を覗《のぞ》き込んだ。

黒いつば広のとんがり帽子をかぶり、黒いフェルトの長袖ワンピースを着た七人の人たちが、列をなして静かに入ってきた。顔は帽子の影に隠れて見えない。

「ああ、誰かが亡くなったのだ。あの人たちはミサを捧げに来たに違いない。そして……亡くなったのはママだ!」

マイは突然そう思い、頭のどこかでは、母は二年前に亡くなったはずなのに……と記憶を手繰り寄せていた。黒いワンピースの人たちは、ロウソクを片手に、食卓の周りをゆっくりとした歩調で歩いている。

「マイ、あなたなの?……マイなのね? 私のマイ、大切なマイ。あなたのこと愛してたわ」

どこからか声がした。

「ママの声だ、ママの声が聞こえる」

マイは落ち着かない様子であたりを見回した。

この言葉にどれほど焦がれたことだろう。この言葉を幼い頃に言い続けてほしかった。

「私もよ、ママ」

と言いたいのに素直に言えない。言えない分、涙が流れる。

心とは裏腹に、「今更、何よ」とつぶやいた瞬間、マイは心が張り裂けそうな悲鳴をあげた。

「ママがどこかに行ってしまう。あの人たちが連れて行ってしまう。もう二度と会えない。引き止めなきゃ、二度と会えない！」

母はすでにこの世にいないとわかっているのに、まだ会えると固く信じているマイがいた。

「このままじゃダメ……。ダメなの……。もう一度会わなきゃダメ。待って……」

マイは手摺《てす》りから身を乗り出し、泣き叫び、身悶えした。


いつもなら、決まってここで目が覚める。目が覚めるはずだと思った瞬間、マイは、これが夢ではないと悟った。その証拠に、現実に目の前に、キュートがいる……。

マイの周りを、七人の、黒いつば広のとんがり帽子をかぶり黒い長袖ワンピースを着た人たちが取り囲んでいる。キュートが、静かな緑の目でマイを見つめている。

「気が……付きましたか……？」

「大丈夫ですよ……」

「怪我《けが》は……ないと思いますよ」

「手摺りから落ちたあなたを……みんなで必死に受け止めましたから……」

かなり高齢と見受けられる七人は、ゼイゼイと肩で息をしながら、口々に言った。

みんなキュートと同じ服だ……。マイの胸が熱くなった。

「キュート、ありがとう。皆さん、何とお礼を言っていいか……。もしかして……『魔女連』の皆さん……ですか？」

キュートがうれしそうに言った。

「マイは『魔女連』のこと覚えていてくれたんだねぇ。みんな私の仲間だよ。困ったときはお互い助け合うのさ。マイのことを話したら二つ返事で駆けつけてくれたさ」

「私たち、あなたの、〝途中で覚めてしまう夢〞を終わらせるため、一肌脱ぐことにしたんですよ」

黒いフェルト服の人たちは、親しみをこめて、口々にマイに話しかける。

「今は冬なのに、あなた夏服で寒いでしょう。あなたの服も用意されていますよ」

テーブルの上には、彼らと同じ服と帽子がきちんとたたんで置いてある。

その中の一人がマイに服を渡しながら言った。

「着てごらんなさいな。この服はあなたそのものですよ」

「これが私？　温かくて、ふわふわで、気持ちよくて、柔らかで……。これが私なの？」

袖を通し黒い服を着たマイは、あふれる涙を拭《ぬぐ》おうともせず、服を撫でては頬に押し付け、顔を埋めては抱きしめた。

「キュートさん、〝ファクトリー〞から持って来たこの袋、マイさんにお渡ししますよ」

「魔女連」の一人がそう言いながら、マイに小さな袋を手渡した。

キュートは、尖った鼻の先と目を真っ赤にしながらマイに言った。

「この袋の中には、ママのことばが入っているよ。マイがそれを受け取ったら、今度はマイのことばをこの袋に入れておくれ。私が〝ファクトリー〟に届けるよ。ママはマイに包まれるよ。温かくて、ふわふわで、柔らかで、気持ちのいいマイにね」

マイは、そっと袋の口を開けた。

「マイ、ずっと愛していたよ。これからも愛してるよ」

母の声だった。

2　なぜ自分が森の中に

「……もしよければ、一度〝森の家〟にお出かけください。私の伯母《おば》のケイが住んでいます」
口籠《くちご》もるようなアイのことばが、マイをこの森に連れてきたのだろうか。

周りの景色は、暗い森を除くと不思議な色合いで、うすく青い。靄《もや》が立ち込めているところは湖だ。遠くまで続く空の、刷毛《はけ》で掃いたような〝すじ雲〟は、森や湖と交わり終わる。霜がおりているようだ。地面や草の色に白が混ざる。

なぜ、私はこの森にいるのだろう。なぜ？　いつから？　この森の中に答えがある、と誰が言ったのか……マイには思い出せない。

無造作に置かれた石が、道らしさをなんとか形作っていなければ、気づかずに通り過ぎてしまいそうな道の行き止まりに、小さい門がある。押すと門は簡単に開いて、四面を石壁で囲まれた、落ち葉の降り積もる中庭らしい空間に出た。中庭を挟んで、小さい門に向かい合うように、どっしりとした黒い鉄の扉があり、錆《さ》びついた大きな錠前がぶら下がっている。

「この扉を開ける鍵は……？」

辺りを見回したマイは、石壁を覆う蔦《つた》と落ち葉でリースを作ると、大きな錠前に架けながら小声で言った。

「あなたの鍵はこれよね」

錆びた錠前は、リースに彩《いろど》られると少し赤くなり、軋《きし》んだ音を立てながらゆっくりと開いた。

「ありがとう」

錠前を両手で包みお礼を言ったマイは、鉄の扉の外に出た。

目の前に二本の道が伸びていて、その先は森の暗さに溶けている。腕を組み、目を細めて、どちらの道を行こうかと思案していたマイは、意を決したように右の道を歩き始めた。方向感覚が定かでないマイにとって、知らない道を歩くということは、その先に、途方に暮れるかもしれない自分がいることを意味した。しばらく行くと、道はまた二本に分かれた。マイは道が分かれるたびに右を選んだ。そうしておけば、いざという時、とにかく鉄の扉までは……引き返せるはず……だった。

右に右にと道を辿《たど》ったマイは、森の奥深さに胸騒ぎを覚えて立ち止まった。道が枝分かれするたびに、目印のように立っている糸杉を見上げたのは、これで何度目だろう。こんなに心細い思いをすると分かっていたら、森になんか来なかったのに……。どこに行くのかわからず、何があるかもわからない……。ああ、もうたくさん！　もういやだ！

深い森に、一人取り残されたような心もとなさに耐え兼ね、マイがもと来た道へと踵を返したとき、今までマイを取り囲んでいた森は忽然《こつぜん》と消え去り、その代わりに見渡す限りの草原が広がった。驚いたマイが慌てて前を向くと、あの森と道が何事も無いかのように続いている。二度、三度、マイは目の前の森を見、後ろの草原を振り返った。マイの歩いてきた道は全て消し去られた。錆びた錠前の、どっしりとした黒い鉄の扉にはもう戻りようもなかった。

木漏れ日が夕陽に吸い込まれるように消え去る頃、小鳥たちはねぐらに帰り、木の葉のざわめきは黒くゆれる影となった。自分の足音にも怯《おび》えながら、右も左も分からなくなった森の中を、月明かりを頼りに歩き続けるマイの目から、涙が止めどもなく落ちてきた。涙はマイの頬《ほお》をグシャグシャに濡らし、への字に結んだ口の横をすべり落ちる。心細さがマイを締めつけ、髪の毛の一本一本までが不安色に染まる。喉元《のどもと》の塊が飲み込めない。

どこをどう歩いているのか、どこに行くのか行先も分からず、ただただ歩き続け、精も根も尽き果てたマイが道端にうずくまろうとした時、声が聞こえた。

うずくまってはいけない　ふりむいてはいけない
歩いて来た前の道は　今の道よりずっと良かった　と思ってはいけない
うずくまったり　ふりむいたりして　自分から不幸になってはいけない

小径《こみち》の向こうに、今の今まで見えなかった小さな灯《あか》りが見えた。灯りは近づくにつれて次第に大きくなった。

「もしよければ、一度〝森の家〟にお出かけください。私の伯母のケイが住んでいます」

そうだった。私はこの声にすがるように〝森の家〟を尋ねようとしたのだ。目の前の家は〝森の家〟に違いない。ここに辿りつくまで、どれくらいあの森をさまよっていたのだろう。

チャイムを鳴らすと犬の吠える声が聞こえ、玄関のドアから、尻尾《しっぽ》を振る黒い犬と温かい眼差《まなざ》しの女性の顔が覗《のぞ》いた。〝森の家〟の主はケイと名乗り、森の声に導かれるように辿りついたマイを、労わるように暖かい部屋に招き入れた。ソファに寝そべっていた青い目の白猫は、スルッと床に下りると、マイの足に顔と身体を擦《す》り付けた。

アンティークの椅子とテーブル、それにチェスト。あちらこちらに置かれたお気に入りらしい小物。ベージュの花模様の壁に掛かる額縁には、森の小道の絵……。

「あなたのことは、アイから少し聞いていていますよ」

暖炉の火の色と、生きているかのように揺れる炎が、マイを落ち着かせた。ケイは、軽食なら用意できると台所に向かい、パン、チーズ、テリーヌと野菜の付け合せ、ポットの紅茶をテーブルに運んだ。

「少しお休みなさいな」

案内された二階の小部屋は、花模様のキルトのベッドカバー、白い籐椅子、白いカーテンでしつらえてあった。ベッドに潜り込んだマイは、枕に頬を埋め、森の中での出来事を思い巡らすうちに、深い眠りに落ちて行った。夜中に、小さな白い顔がドアからそっと覗いたことを、マイは知らなかった。

朝早く目覚めたマイは、木の葉の色を映して青く見える窓を開け、流れ込んできた冷たい空気に思わず襟《えり》を合わせた。チチチ……グルグルポー……近くの鳥の声、遠くの教会の鐘の音。夜のうちに雨が降ったらしく道が濡《ぬ》れている。近くを流れる小川には鴨が泳いでいる。目に映る何もかもが、今日のマイには新鮮で美しく、戸惑うほどだ。

「私があの森を歩き始めた時は……たしか晩秋だった。そうよ、落ち葉でリースを作ったもの。でも今は……春？　春なの？」

着替えをすませたマイがダイニングルームに下りていくと、そこにケイと黒のラブラドール犬の姿はなく、青い目の白猫がマイに擦り寄り、抱き上げた腕の中で喉をならした。

ストーブの上のやかんには、たっぷりのお湯がシュンシュンと湯気をあげ、テーブルの上には、オレンジジュース、ゆで卵、ヨーグルト、牛乳、シリアル、黒パンのスライス、ブルーベリージャム、リンゴとバナナが並べられている。

「お昼時には戻ります。朝食を召し上がれ」

テーブルに置かれた短い手紙と、ケイの用意してくれた朝食と、ミルクたっぷりの紅茶が、マイを元気づけた。

リンゴを一つ手に取ると、皮ごとかじりながら外に出たマイは、〝森の家〟を守るように立っている楡《にれ》の木に挨拶をすると、意を決したように、森の声を聞くまでさまよい歩いたあの森に足を踏み入れた。

小さな流れのほとりには、春を告げるレンギョウの黄色、木瓜《ぼけ》の赤、雪柳の煙る白……。レンギョウの黄色と木瓜の赤い色が、マイの記憶の中で、ブルーのクリスタルガラスの破片と重なった時、マイは森に逃げ込んだ理由をはっきりと思い出した。

「そうだ。私は、自分のこの手で、自分の意志で、あの六歳の少年を見殺しにした。だから黒い鉄の扉を開けた。なぜそうなったのか答えが欲しくて、答えを捜したくて……。なのに私はその森からも逃げ出そうとした」

マイは乾いた目であたりを見回した。


カウンセラーを仕事とするマイは、親の虐待《ぎゃくたい》を理由に保護された六歳の少年を引き取ると決めた。少年は、緊急避難的にM病院に入院をしていた。栄養状態が極度に悪かったのだ。アイが主治医だった。

少年が、マイに委《ゆだ》ねられると聞いたアイは、少年について知り得た情報をありのまま伝えた。

「あの子は、いつでも飛びかかる用意をしている飢えた狼のような子です。追い詰められると何をしでかすか分からない所がありまして……。一度、カッとなって、自分の首を絞めたこともあります。あなたがカウンセラーでよかったと思っています。でも、引き取られたあと、もしも行き詰まるようなことがあったら、一人で抱え込まずに、私の伯母……ケイと言いますが……伯母のところに行くといいかもしれません。私もよく相談するんです。もちろん、私にも、いつ連絡を下さっても構いませんが……」

アイから少年についての危惧《きぐ》や助言を聞いても、市の職員に付き添われて現れた少年のこびりつくような目を見ても、「私たちはきっとうまくいく」マイはそう信じて疑わなかった。カウンセラーとしての自負があったのかもしれない。

「こんにちは。仲良くしましょうね」

少年は、上目使いにマイを見ると言い放った。

「おばさん、僕を引き取ったこと、後悔させてあげるよ」

初めてマイの家に足を踏み入れ、長椅子の上のマリオネットの魔女を一瞥《いちべつ》した少年の目に、チラッと憎悪《ぞうお》の色がよぎった。一瞬のうちに、少年は魔女を敵と見做《みな》した。あの人形はすでにおばさんの家族なんだ。その証拠に、一番いい椅子に座っているじゃないか。あの人形はむちゃくちゃ大切にされているんだ。そんなことが許されてたまるか！

魔女が忽然《こつぜん》と姿を消したのは翌日のことだった。キュートは家中どこを探してもいなかった。

「私のマリオネットのキュートを知らない？　椅子に座らせていた人形を知らない？」

マイは、自分の問いをことばにすることをためらった。

犯人は少年と決まった訳ではない。証拠は何もない。家に来たばかりの少年を疑い、問いただすことは、一緒に暮らすこれからの日々を思うと、マイにはできない相談だった。

たとえ、マイが尋ねたとしても、

「そんなもの知らないよ。おばさん、ボクを疑ってるの？」と答えるに違いなかった。

たかが六歳といっても、少年はすばらしく賢かった。マイが、もうあなたとは暮らしていけないと音を上げるまで、戦いを挑み続けると決心しているかのようだった。

少年はマイの嫌がることならなんでもした。マイの静かで整然とした生活はどこかへ行ってしまった。そんなマイをよそに、少年は悪戯《いたずら》の限りを尽くした。

泥だらけの足のままベッドの上で飛び跳ね、ハナをカーテンにこすり付け、お仕置きにクローゼットに入れるとそこでおしっこをし、屋根によじ登っては端から端まで走り抜けた。クチャクチャと音をたてて食べ、汚れた口を袖で拭《ふ》き、スープはジュルジュルと派手な音を立て、こぼれた食べ物や飲み物はカーペットに様々な形のシミを描いた。届かないようにと棚の奥に置かれたガラスのコップは、椅子によじ登った少年の手で引っぱり出され、ことごとくガラスの破片に姿を変えた。

小学校では、毎日忘れ物をして先生から叱られた。叱られると、わざとらしく泣く術《すべ》も心得ていた。喧嘩《けんか》が絶えず、すぐに手を出し、跳《と》び蹴《げ》りをしては相手に怪我《けが》をさせた。少なくとも、やられた以上のことはきっちりと律儀にお返しをした。その都度、マイは学校から呼び出しを受けた。

すばしこく小賢しい生き物を前にして、マイのカウンセラーとしての知識も経験も何の役にも立たなかった。

「キュートがいてくれたら……」

マイの目の前には、キュートがいなくなった代わりに、いつも少年がいた。マイから少しずつことばが消えて行った。

少年の仕出かす不始末に向きあうだけで精一杯のマイは、少年が、マイの手料理ならニンジンでもピーマンでも……なんでも平らげることや、次第に少年の顔が丸くなり、青白かった頬に赤みが差すようになったことには気づきようもなかった。それともう一つ、少年が、時々不安そうにマイを見つめていることにも……。

ある日マイは、母の形見となったブルーのクリスタルガラスの花瓶に、黄色のレンギョウと赤い木瓜の小枝を挿した。翌日、その花瓶が無残な破片となっているのを見つけた時、人が作った作品は壊れる、という寛容さは跡形もなく消え失せ、マイは、自分の口から出ることばを止めることができなかった。

「出て行ってちょうだい！」

少年は、「ボクじゃない」と言い張った。そのことばには耳を貸さず、少年がこれまでに仕出かした出来事をありったけ並べ立てたマイは、

「あなた、『僕を引き取ったこと、後悔させてあげるよ』って言ったわよね。ええ、ええ、後悔していますとも。これであなたの望み通りになったでしょ。あなたの勝ちよ」と少年を突き放したのだ。マイの心の貧しさが言わせたことばだった。

少年の目に、初めて、困惑と混乱の表情が浮かんだことに、同じく混乱と興奮の中にいたマイは気づきようもなかった。

自分が一生懸命なら、少年はそれをわかってくれるはずだとどこかで思っていた。少年を責めることも決してなかった。けれども少年は、いつもマイの傍《かたわ》らをするりとすり抜け、マイの望みとは反対の方向に向かって一目散に走り去る。その後ろ姿に苛立《いらだ》ち、悲しみ、考え直し、また苛立つ。思い直そう思い直そうと、毎日必死だった。

「自分は試されている。この子は、私が受け入れるかどうかギリギリ試しているのだ」と頭ではわかっていることに心が同調しない。

「私にだって気持ちというものがあるのよ。我慢の限界だってあるんだから」と責めたくなる反面、少年一人愛することができない自らの愛のなさに、「死んだ方が楽かもしれない」と何度思ったかわからない。自分は死にたいと思うのに、「私の言ったことやしたことで、この子を追い詰めて死なせてはいけない」と恐れた。恐れるあまり、少年と向き合うことを避け続けた。

「信じる、信じない、信じたい、信じられない、信じさせて、信じ切れない、信じ込む、信じるものか」といったことばが、ことば遊びのように、頭の中で、グルグルグル回っていた。

「絶対にボクじゃない。ボクじゃない……」

マイのことばを聞き青ざめた少年の目に、みるみる涙が溢《あふ》れた。少年はガラスのような目でマイを見ると、

「おばさんなんか嫌いだ。大嫌いだ！」

と叫び、玄関のドアを開けるなり走り去った。バタン！　とドアの閉まる音がした。

追い詰められたと思っている自分が、少年を追い詰め追い出したというパラドクス。

少年が走り去ったドアを見つめるマイを、喪失感が覆った。

不条理だと頭ではわかっていても、不条理はこの世に普遍的に見られるものだと知っていても、自分にふりかかった時には、戸惑い、恐れ、絶望へと向かう。

まだ幼い少年に、マイの心の襞《ひだ》などわかるはずもないのに、わかってほしいと願った。でも、それは、マイが勝手に願ったことだ。今、マイに見えているのは、自分の怒りをぶちまけて少年を追い詰め、家から追い出した身勝手な自分の姿だった。

「深く傷を負ったのはあの子……深い傷跡を付けたのは……まぎれもなくこの私……」

こんな時に、なぜ、「因果応報」という不気味なことばが浮かぶのだろう。


少年のいる間、マイは「片付けなさい」と言い続けた。「片付けて！　汚さないで！」と言って、言って……言い続けた。

少年がいなくなったあと、のろのろと部屋を片付け始めたマイは、昔のように整然とした部屋に一人ポツンと座り込んだ。とうとう片づいた。以前の生活が戻ってきた。なのに、何か……変だ……。この部屋はこんなに広かったっけ？　こんなに空っぽだったっけ？　隅々まで少年で埋め尽くされていた部屋は寒々しく、こっぽりと空いた空間に少年の丸い顔が浮かぶ。

寂しい。結構辛い。いや、辛いなんてものじゃない。そこには、少年の顔に頬ずりをしたいマイがいた。少年のいない部屋の広さに涙ぐむマイがいた。

ずっと掴《つか》まえているはずだったものが、マイの手からこぼれ落ちた。

何でもそうだ。失ってからわかることがどれほど多いことか。自分なりに一生懸命だった。その挙句《あげく》がこの様《ざま》だ。こんなはずではなかった。

いつでもそうだ。マイは苦い思いを噛《か》みしめる。いつもギリギリのところまで我慢するのに、もうあと少しの忍耐がどうしてもできずに物事を壊してしまう。その挙句、我慢した時間も月日もメチャメチャになってしまう。我慢したことへの反動だとすれば、こんなに後悔するのなら、初めから我慢などしなければいいのだ。


少年はどこを捜してもいなかった。

「多分親元にいると思うが、両親は『知らない』の一点張りで、訪ねて行っても玄関払いで確かめようがない」と相談所の職員は言った。

少年が意識不明の状態でM病院に搬送され、治療の甲斐なく息を引き取ったという知らせを受けたのは、それからしばらくしてのことだった。

少年の主治医だったアイは、マイにこう伝えた。

「私たちも手を尽くしたのですが……。虐待もさることながら、何かショックな出来事があったようで……。なんとか意識は取り戻したのですが……何を聞いても一言も話をしようとはしませんでした」

それから、口籠《くちご》もるように付け加えた。

「あの……もしよければ、一度〝森の家〟にお出かけください。前にもお話した伯母のケイが住んでいます」

レンギョウの黄色と木瓜の赤い色を見ながら、マイは自分の心を辿り始めた。

「私はあの子を引き取って何をしたかったのだろう。カウンセラーだから、彼の心を開かなければ、という気負いがあったのかもしれない。一つはっきりしているのは、彼を本気で愛したことがなかったということだ。私はあの子を愛していなかった。愛せなかった。引き取ったからには と、義務だけで接していた。好きじゃないのに面倒を見なきゃいけないと、仕方なく、上辺だけは親切そうにやさしそうに受け入れる振りをして……。本気であの子を叱ったこともない。

私の目は、『あなたのような生い立ちの子が……』という蔑《さげす》みに満ちていたに違いない。それなのに、あの子のことを他人に悪く言われると、ムキになって怒った。怒りで何も言えなくなる位だった。後ろめたさを隠すためだ。他人に見透かされたくないと思うからだ。『あなただってあの子を愛してなんかいないじゃない。そんなあなたに偉そうに言われたくないわ！』と叫びそうになった。

私は、他人にいい人だと思われたいと思うと、そのように演じることができた。だから平気でいろんな私を演じてきた。けれども、演じることは無意味だと、今度のことで思い知らされた。

あの子はとっくに見抜いていたに違いない、仮面の下の私の顔を……。あの子の数々の行いは、私の仮面をはがすためのものだったと、あの子が亡くなってから分かるなんて……」

少年の声がマイに届く。

「ボクはあなたのおもちゃじゃない」

「ボクをちゃんと見てよ」

「ボクを掴まえてよ」

「ボクが壊したんじゃない……」

上辺だけの愛がどれほど少年を傷つけていたか、今更分かってももう遅い。

心が通わないままに少年を失ったマイの心に、血が滲《にじ》む。

最後に見た少年の戸惑った顔は、声のない涙と共に、何と深い悲しみを湛《たた》えていたことだろう。

今となっては輝かない目が、ついこの間まで手の届くところに、すぐそこにあったというのに
……。

どうすればよかったのだろう。答えの見つからない問いは悲しみを生む。

鬱々《うつうつ》とした心を黒いカラスが襲う。カラスは口々に、しわがれた声で啼《な》きながら飛び交う。

「つらい！」「助けて！」「もうイヤッ！」「もうダメ！」

心をついばみ引き裂くように、啼きながら飛び交う。なんて大きなカラス！　なんて黒いカラス！

今にして思えば、少年は愛すべき六歳の子どもだったのだ。

　遠く広がる果てのない空に、あの少年に似たまあるい雲が浮かんでいる。マイは少年の書いた作文を思い出していた。

「雲の王さまは、フーセンのようなおなかをした、まんまるの王さまです。王さまは、たいていニコニコしているけれど、ころぶと泣くし、ヒコーキに、『ふとっちょ！』とからかわれたりすると、泣いたり、じたばたしたり、おこったりします。雲はあったかいし、いいにおいがするし、あまくておいしいです。それと、王さまは、光の女王さまとなかよしです。王さまが、空いちめんに雲のえをかくと、光の女王さまは、どんな色にもなるまほうのえのぐをプレゼントします。王さまはなんでもかけてしまう、なかなかのゲージツカです」

「そういえば、学校で描いた絵を、先生が、『君は芸術家だねえ』とほめてくれたと言っていたわ。そのあと、芸術家ということばが気に入って、『ボクは大きくなったらゲージツカになるんだ』と言ってたっけ」

　うれしそうに作文を見せた少年に、マイは、「あら、よく書けたわね」と言っただけだった。一緒に雲の王様になったり光の女王様になったり、一緒に絵を描いてゲージツカになったりできたのに……。

　悲しみとも悔恨《かいこん》ともつかない思いで雲を見上げるマイの目が、涙に潤《うる》んだ。

「あの子は愛に飢えていると分かっていたのに……私はあの子を突き放してしまった。このまま私が死ぬとしたら、一番心にかかるのは愛のない生き方をしてきたことだ。そのことに気がついたということは、これからどう生きるかということなんだわ」

マイは、声をあげて泣いてしまいそうな後悔を右手に、マイを包みこんでいる森の世界に触れているあたたかさを左手に感じていた。

早春の色に包まれたこの森は、行き先のわからない心細さと恐怖に怯えながら歩き回ったあの森と同じだとは、到底信じられないほどの豊かさに満ちていた。マイはゆっくり歩き始めた。

ここにあるのは、木々と小川。光と風。それと静けさ。

木を見上げ、堅さの中に確かな温もりの宿る幹に触れ、命の音を聞き取ろうと耳を押し当てる。木は風にそよぎ、葉をゆらせ、葉をこすり合わせ、葉を落とす。木はそこにいて、いつまでもそこにいて、何もいわず、ただそこにいる。百のことば千のことばより、あふれることばを送り続ける、惜しみなく送り続ける。圧倒的な静けさと雄弁さでそこに立つ。

木の幹から離れると、マイは小径《こみち》に分け入った。

小さな樅《もみ》の木の若い葉は、リスの尻尾のようで愛らしい。大きく育つと、夜を色濃く抱え、暗さを奥深く演出する。樅や松の葉先が、柔らかに降った昨夜の雨を、丸い小さな水滴にして無数にとどまらせている。水滴は光を集め、薄日に光を放つ。小川の傍らの細い道は、惜しげもなく散った椿に赤く彩られ、蘇芳《すおう》の紅色は華やかに、花みずき、辛夷《こぶし》、白木蓮《はくもくれん》の白は霞むように咲いている。桜の花に似た、白い花びらに埋もれた西洋ナシの木に顔を寄せると、マイは幹をそっと抱いた。

春の色はフルート　光と風はハープ

秋の葉ずれはヴィオラ　落ち葉をふむ音はチェロ
懐かしさをまきちらす木々の匂い　春の匂いも落ち葉のそれも
小川は木琴をころがる音にも似て　右で囁《ささや》き　左で歌う
クスクス笑って光とたわむれ　風のきまぐれに光を散らす
光をあびる水の音　流れとなる水の音

見過ごしてきたものに　森で会える
森は生命《いのち》にみちみちて　なお静かだ
ただ　そこにいるだけでいい
気配を消して　気づかないふりをして……気づいても……しらんふりをして……
むこうから近づいてくる　ひそやかな声　音　気配　動き
妖精がのぞく　こちらをのぞく
見えないほうがふしぎ　見えないわけがない
用心して！　森に棲《す》む魅惑の世界にひきこまれると　出られなくなる
用心して！

マイは、春をケイの部屋に運ぼうと、生成《きな》りの白い蕾《つぼみ》を付けた白木蓮を一枝、短く手折《たお》った。
白鳥の形をしたガラスの水差しに白木蓮の白が映える。うつむきそうになる花の形を整えようとしたとき、短い枝は、花の重さに耐えかねたように水差しから滑り落ちた。急いで拾い上げた花に、落ちる前まではなかった薄茶色の筋が幾つも浮き出ている。落ちた時に傷ついたとしても、こんなに早く色が変わるものなのかと、花びらを爪で押してみた。見る間に、白が束の間のオレンジに、そして薄茶へと変化した。肉厚な花弁の、意表を突く脆弱《ぜいじゃく》さだ。

春に愛され、春に傷つく。傷つき、傷あとを花びらに残す。

ぼんやり白木蓮を見ているマイに、野草摘みから戻ってきたケイが声をかけた。

「ほら、こんなにいっぱい！」

蔓《つる》で編んだ籠《かご》から、ぜんまい、蕨《わらび》、蕗《ふき》の薹《とう》、よもぎ、芹《せり》など、春の使者が無造作に顔を出している。

「さあ、今日は山菜のキッシュを作りましょうね。洗いかごの食器を棚にお願いできるかしら」

食器がどれも三組あることを不思議に思いながら、マイは布巾で拭いては棚に並べていく。

「傷ではなくて幸せが、白木蓮のこの縞《しま》のように残るのだったら、どんなにいいでしょうね……」

悲しみや不幸は、なぜ、繰り返し押し寄せてくるのだろう。精いっぱい立っている足元をゆるがし、崩し、さらっていこうとする。さらわれた人はどこへ行くのだろう、流された人はどうなるのだろう。悲しみに負けまいとしているのに、心の中の悲しみは外に溢れ出し、心の外は色と輝きを失う。

訥々《とつとつ》と少年の話をケイにしながら、

「私が同じように扱われたら、生きていくことは辛いことだと思ったはずです。他人を信じることも止めたと思います」

とマイが言う。

「信じるって、とても難しいことだわ。私達、信じるための証拠が欲しいのかもしれないわね」

とケイが応える。

少年と暮らした日々の中で、諦めと、悲しみと、絶望を道連れに、信じ合えないための証拠はうず高く積まれたけれど、信じ合うための証拠はどこにもなかったのだ。

「自分が誰かに必要とされているなんて勝手に思い込んでいるだけだ、思い過ごしに違いない、それなら取り立てて向きあう必要もない、とやり過ごしてきたんです。あの子が来るまでは……。二人とも、圧倒的に、お互いがお互いを必要としていたのに……信じることも、愛することも、向きあうこともできなくて……。今になってそのことに気がつくなんて……自分が情けなくて……」

あの子は誰にも愛されてこなかった。キュートが来る前の私と同じだ。マイは身震いしながら、もう一度そう思った。

「マイ、あなたは感情を抑え過ぎて、逆に、気持をコントロールできなくなったのでしょう？感情が独り歩きをしてしまうのは、何が起こっているのかしっかり見ようとしないからか、甘えかのどちらかだと思うの。どちらにしても、自分や相手を傷つけてしまう」

穏やかなケイの声が、マイの疲れた心に届く。

「あなたのように、許せないと思う気持ちを抑え込んでしまうと、許せない気持ちが燻《くすぶ》っていっぱいいっぱいになってしまう。それが限界を超えると、たいてい怒りや悲しみや憎しみに変わり、そうなるとその広がりは速いのね。どうでもいいことまで許せなくなる。だから、許せないことと、どうでもいいことをゴチャゴチャにしないで、どうでもいいことは大目に見てしまえばいいの。男の子のいたずらだって、ちゃんと向き合って、本当に許せないかよく考えて、もし許せないと思ったら、『あなたが今していることは、私の許す限界を超えている。やめなさい』ってはっきり伝える方がよかったのかもしれない。なぜ、そんないたずらをするのかは考えなければいけないけれど……」

ケイはキッシュを作りながら話し続ける。

「私ね、あるおばさんと仲が良かったの。いつ会ってもやさしい笑顔で、さりげなく他人に気を配って……そんなおばさんといると本当に居心地がよかったのね。

おばさんが話してくれたんだけど、おばさんのお母さんは、いつも『我もよし、他人《ひと》もよし』って言っていたんですって。まずは『我もよし』、それから『他人もよし』だよって。おばさんは、お金持ちでもなんでもなかったけれど、悪びれるところのない真っ直ぐな態度は、『我もよし』に根ざしているんだって、その時納得したの。

でもあるとき、おばさんは幸せなんだろうか、ってふと思った。私の知る限り、幸せは、いつもおばさんの横を掠《かす》めて通り過ぎているようだったから……。

おばさんの一人娘は、〝天使のような〟ということばがそっくり当てはまるような子だったの。

生まれついての優しさを持っているような子でね、あんな子には今まで出会ったことはないと断言できるわ……。そう、やっぱりあの子は天使だった。病院で出会ったというのは嬉しいことではなかったけれど、私はあの子に会えたことを心から感謝しているの。あの子が、不平も何も言わずに受けた辛い治療のことを思うと、何でも我慢できるような気がするのよ。

あの子は、おばさんを残して亡くなった。私の中には、今でも、あの頃の天使のままで……生きていてね。あの子のことを思い出すと、思わず姿勢を正す自分がいるわ。

おばさんは一切愚痴《ぐち》を言わなかったけれど、一度だけ涙を見せたことがあってね。

あの子は、学校に行けたり行けなかったりしていたのだけれど……。あの子が中学生になった頃にね、おばさんが、珍しく語気を強めて言ったの。

『六年生の担任はひどかった。何か渡すものがあれば、それを機会に訪ねてくるのが先生というものでしょう。一度も訪ねてこない上、学期の終わりに、家の近い子に預けてよこすなんて……。長く休んでいればいるほど、その子に思いが行かなければ……と思うのは私のエゴでしょうかね』

おばさんはよほど悔しかったのだと思う。これって、おばさんが期待するのも無理ないのでは……というほどの期待でしょう？　身体が辛くても、行ける日は頑張って学校に通った娘のための、ささやかな期待だったと思うの。だからおばさんは、本当に辛かったのだと思う。期待することをやめてしまうのも、ずい分悲しいことだしね……。

でも、大抵の場合は、『私を満足させて』と相手に期待するのよ。

あなたは期待したのね、その六つの子に。いい加減わかってよって。その子もあなたに期待した。でも今は、六つの子をわかろうとしなかったのは自分だと思っているから、なおさら辛いのね」

マイはケイのことばを胸に畳んだ。

「そうかもしれない。自分のために涙を流したり、自分をかわいそうと思うことは、もういい加減やめなさい、ということだわ。『我もよし』それから『他人もよし』と思えていたら、どうでもいいこととそうでないことがわかったかもしれない。あの子に向き合えたかもしれない。『我もよし』がなければ、相手に期待する自分に戻ってしまって、思うようにならないとイライラして、どうせ何をしたって同じだと思うようになるんだわ。『我もよし』、そのあとに『他人もよし』が来るんだ、と居直らないとね。そう思うと、黒いカラスの啼き声が怖くないわ。相手は……ただのカラスだもの！

マイは小声でつぶやく。

「他人のせいにしないで、自分を見つめること、見つめ続けることに耐えられるかどうかが鍵なんだわ」

マイの心を読み取ったかのように、ケイが隣の部屋のドアに向かって言った。

「入ってらっしゃいな」

少しずつ、ゆっくりと開いたドアの向こうに、凍りついた目の少年がいた。瞬《まばた》きもせず、目の奥に怒りを湛えたまま、少年はマイを見つめている。

マイは驚きで蒼白となり立ち尽くしたが、我に返ると少年に駆け寄り、上気した顔でひざまずくと、その手を両手で包みこんだ。

少年の目を、慈しみを注ぎ込むように見つめるマイの目に、許しを乞《こ》う色を読み取った少年は、マイに包まれた手をそのままに、立っている。マイは少年を抱き寄せ、その髪をゆっくり撫で続けた。マイのなすがままになっていた少年は、突然、〝ウワー〟と大声を出したかと思うと、マイの胸を両の拳で叩き、止めようもないほど泣きじゃくりはじめた。

「どうしてボクを追い出したの？　どうしてボクを捨てたんだよー……」

部屋の空気が柔らかに和み始めた頃合いを見計らって、ケイは手短に事のいきさつを説明した。

M病院で、心の傷はそのままであるにしろ、少年は奇跡的に助かった。

司法は、実の親に対して親としての権利を認めず、今後親元に帰すことはできないと決定した。

M病院の院長が、ケイの友人であったことが幸いした。

「親が捜し出せないように、あの子が新しい居場所で生活ができるように、ご協力をいただきたい……」院長は電話口のケイに向かって言った。「これは、行政ともよく相談をしてきたアイさんの提案でして……」

少年は、とりあえずケイのところに落ち着いた。怯えたガラスの目が見てきたものを思い、ケイはただただ抱きしめた。

一緒に歩く、一緒に休む、一緒に寝る、一緒に食べる、一緒に話す、一緒に笑う……それでよかったのだ。ほめて、かばって、わびて、ありがとうと言って……それで十分だった。

ケイは、温かな眼差しを少年に向けながらマイに言った。

「この子ね、あなたがここに来るってわかったのよ。あなたがこの家に来る数時間前から落ちつかずに、窓からずっと外を見ていたの。夜で何も見えないのにね。きっと、ワンちゃん並みの嗅覚があるに違いないわ。『マイさんはとても疲れているから、会うのは元気になってからにしましょうね』と言ったら、半べそかきながら今日まで我慢していたの。時々、そっと部屋を覗きに行ったりしてね」

人生には、その日しかない特別の日がある。今日は、マイと少年とのその日だ。

「アフタヌーンティーを楽しみましょうよ」

とケイが言う。

パウンドケーキ、ガナッシュ、タルト、シナモンをまぶしたチョコレート、クッキー、サンドイッチに山菜のキッシュ、それにウインナーロール。

「レディー二人にはアールグレイ、坊やはミルクよ。今日は特別、コーラでもいいということにしようかな」

翌日の朝早く、ケイはマイと少年を叩き起こすと、呪文を唱えて、二人を〝ことばファクトリー〟に連れて行った。

そこで、〝ファクトリー〟に着いた三人を、涙を流さんばかりに迎えてくれたのは、少年がマイの家に来た翌日、忽然《こつぜん》と姿を消したあのキュートだった。

キュートは少年の手で袋に入れられ、グルグル巻きにされて、ゴミ箱に捨てられた。でも、袋に入れられようと、ゴミ収集車に放り込まれようと、そんなことは大したことではない。だてに魔女を名乗っているわけではないのだ。魔法も使えれば空も飛べる。袋から抜け出すことも、マイの部屋に戻ることも、キュートにとっては朝めし前のことだった。

けれども、キュートはそうはしなかった。

マイが、相手に届くことばを多くは持っていないことも、少年を包み込むだけの強さを十分持ち合わせていないことも、キュートはよく知っていた。だからこそ、マイには、ことばを磨き、貯え、途切れることのない愛を育ててほしいと願い、少年には、自分と他人を信じる力を育ててほしいと願った。そして、二人が、このキュートの願いに気づいて、いつか必ずここに、〝ことばファクトリー〟に来ると信じて疑わなかったのだ。

キュートとマイが、少年を中にして、しっかりと抱き合ったのは言うまでもない。

司法と行政上の複雑な手続きを踏み、少年はマイの養子として迎えられた。

キュートとマイが、決して自分を見捨てないと確信した少年は、徐々に二人に心を開き、感受性の豊かな子どもに成長した。その生活は幸せな色に塗り替えられた。三人の生活を、みんな心から楽しんだ。

「見て！　マイ。キュート、見て！」

七匹の子ウサギが生まれた。少年が飼っているウサギだ。五匹はペットショップに引き取られた。残った二匹のうちの一匹は、非の打ちどころのない器量よしで、性格もおっとりしている。あと一匹は、口の横に黒いブチがあり、目やにと鼻くそをいつもくっつけている。でも敏捷だ。

マイの家の広さでは、子ウサギまでは手が回らないことを少年も理解している。

「どっちのウサギが先に貰《もら》われるかねぇ」とキュート。

「こいつ貰い手あるかな。可愛いんだけどな……」

少年はブチウサギが気になる様子だ。

三人とも、器量よしが先に貰われると信じ切っていた。しかし、セオリー通りにいかないところが面白い。器量よしとはとてもいえないブチウサギが、「まあ、かわいい！」ということばと共に、あっという間に貰われた。そのあと、器量よしにも無事飼い主が現われ、少年は泣く泣く手放したのだった。

「あまり完成されたものには入り込む隙がないのかもね。私みたいに……。ねっ！」

キュートと少年が笑い出す。

「マイは長生きするよ」

「さあ、お茶の時間よ。キュートもあなたも手伝って！　明日から〝森の家〟に行くんでしょ。教科書忘れないでね。お勉強も、ビシビシ教えますからね」

マイのことばに、キッシュを頬張る少年は肩をすくめ、キュートは少年に目配せをして見せた。

ケイとアイに招かれ、クリスマスシーズンを〝森の家〟で過ごすことになった三人は、ペットショップに親ウサギを預けるために立ち寄った。ウサギを連れていくには三人の荷物が多すぎた。

店の柵の中にベージュ色の子犬がいた。子犬と言っても三か月は過ぎているようだ。柔和な目と、やや面長の顔に似つかわしくない太い前足が印象的な子犬は、少年を見ると、前足を柵の縁にかけ、首を思い切り少年の方に伸ばした。少年の手が触れるや、子犬はうっとりと目を閉じ幸せな表情を浮かべた。少年は、ごくりと唾を呑み込んだ。

「売れ残っているの？」

マイは無遠慮に店の主に聞く。

「飼ってもらう約束してたんだが、お客さんの都合でね。仕方ないやね」

ペットショップをあとにした三人は、それぞれの思いを抱えて歩いている。

「ウサギを飼っているから犬は無理よ」

マイが口火を切る。

「それにしても太い前足だったねぇ。肉球なんか、ポコポコムニュムニュしていてさ」

キュートが少し鼻にかかった声で言う。こういう声を出すのは、決まって何か企んでいる時だ。

「ボク、名前をつけたよ。前足が太いでしょ。だから歩くとき、『フトフトッ、フトフトッ』って歩くと思うの。だから、ねっ。『フトフト』」

「いい名前だねぇ。あんな肉球、滅多に触れるものじゃないよ」

「いい名前でもプヨプヨ肉球でも、犬は飼わないの！　ウサギのケージのお掃除だって大変なのに……。キュートはお掃除当番すぐさぼるしね」

「フトフト」と勝手に名付けられたゴールデンレトリーバーの子犬を飼うかどうか。

キュートはわざと飼うことが決まっているかのように話す。マイは、「フトフト」が居間に寝そべっている光景を思い描きながら、「飼いませんからね」と言う。「飼わない」というマイの「ノー」の中に「イエス」が含まれていることを、少年とキュートは敏感に嗅ぎ取る。キュートとマイは、ことばとことばが押したり引いたりする会話を密かに楽しみ、

「森から帰ってきた時、まだ売れ残っていたら家に連れて帰ろうねぇ」

というキュートのことばに、少年は有頂天になったのだった。


マイとキュートの変わらない愛情と、フトフトの信頼を一身に受け、少年は自分の中にことばを探しながら話す少年へと成長した。できる限り、自分の状況と感覚を正確に伝えたいという意志があり、自分のことばを持っていてそれを探す、そんな感じだった。

そして、中学に入った彼の成績は、マイの鼻が蠢《うごめ》くほどのものだった。

中学三年の夏休みも終わる頃だ。マイが尋ねた。

「聞いてもいいかな、志望校」

「ボク、言ってなかったっけ？　マイはこういうことには疎《うと》いからね……」

彼は志望校の名前を言った。地元の有数の進学校だ。

「君も大きくなったもんだねえ」

マイは呑気なことを言う。

「ところで、将来何かやりたいことがあるの？」

「今は秘密だよ。高校に受かったら教えてあげるから」

穏やかで、少しはにかむ表情で、彼は答えた。

高校での三年間を、自分の夢を信じて真っ直ぐに過ごした彼は、今年からT大学に通うことが決まっている。

3　今日はクレパス記念日

ずっと前から二穴ファイルを買わなければと思っていた。溜め込んだたくさんの紙をファイルするには二穴ファイルが一番だ。タウンページで文具店を探すが、文具専門の店は、最近街中にあまり見かけない。ああ、そうだ、Z駅前に新装開店したあの大型店なら文具も扱っているだろう。

大型店のすぐ近くに、気をつけていても通り過ぎてしまいそうな小さなブティックがある。この場所に店を出す前は、全国チェーン店の中の専門店の一つだった。チェーン店が全面改装をしたあと、出店の条件が厳しくなり多くの専門店が出ていく中、このブティックも例外ではなかった。文具を買う前に寄ってみよう、という気になった。半年ほど前、開店の案内状が来た時以来だ。二、三人の先客が品定めをしている。

「お久しぶりです」

マイの声に、同年代の気の置けない女店主は、予想通りの笑顔と親しみをマイに向け、いつものように何点かの衣類を選んでくれた。開店祝いにと、マイが選んだウェッジウッドのティーカップが、お店のディスプレイとして飾ってある。

「家で使うの、もったいなくて」と彼女は言った。

文房具売り場は二階だ。二穴ファイルは、クレパスが並んでいる棚の横にあった。何段もの木の枠の中にずらっと並んでいるクレパスは、見ているだけで壮観だ。

マイは昔、少年と文房具を買いに来た日のことを思い出していた。絵を描くのが好きな少年は、マイの横でクレパスをじっと眺めている。自分から買ってほしいとは決して言わない。

「今日をクレパス記念日にしようよ。こんなにズラッと並んだクレパスって、見ているだけで幸せになるもの。それにあなたの描く絵、私はとても好きよ。今日は特別。好きなだけ選んでいいから」

少年はゆっくりと色を選び、マイの手に渡していく。

「ありがとう。マイ」

少年の手がそう言っている。マイはかすかに頷《うなず》き、大きく息を吸い込むと、〝森の家〟からマイのところに戻った少年の頭をそっと引き寄せた。

少年の頃の彼に会えた気がして、マイはあの日のように何本もクレパスを買った。

「ただいまー、キュート。ああ、フトフトも、ただいま。よしよし、いい子ね。こらこら、そんなに舐《な》めちゃダメ！　キュート、今日はいい日だったわ。あなたも一緒に来ればよかったのに……」

「『今日はキュートが炊事当番だから、よろしく！』って、さっさと出かけたのは、どこの誰だったかねぇ」

マイとキュートは再び二人で暮らしている。この春から大学生となった少年は、この街を離れ、一人暮らしを始めた。

もともと、一番すわり心地のいい長椅子がキュートの席だった……が、今ではフトフトとの相席となり、フトフトは、ここでキュートに撫でてもらってはウットリと至福の表情を浮かべる。

マイは小さな幸せを味わいながらお茶を飲み、テーブルにクレパスを並べ始めた。

「ねえ、キュート。こんなにクレパス買っちゃった。絵は下手なのにね。テレビや映画を見ると き、風景やインテリアの色調には心引かれるのだけどね……。あなたはどう？」

「私は、もっぱら会話に興味があるよ」

秋色のクレパスは、子どもの頃のマイを呼び出した。

「キュート、あなたも一緒に来てくれる？　子どもの頃私がいた場所に」

魔女は、マイの襟《えり》にブローチのように収まった。

「フトフトも一緒に行こうね」


マイは通いなれた小学校で、校庭と校舎を分ける一段高い石垣に座っている。キュートとフトフトはボール投げを楽しんでいる。校庭の向こうに続く森は、見ているだけでも、ただ歩くだけでも、マイにとっての大切な場所だった。

同じクラスに一人の少女がいた。彼女の人気は絶大で、いつも、何人もの級友が、彼女を中心に楽しそうに群れていた。彼女は裕福な家で何不自由なく育ったお嬢さんらしく、大らかで屈託がなく、大柄でふくよかな身体に、くっきりしたエクボがトレードマークだった。

彼女は決めていたのだそうだ。クラスは持ち上がりだったので、一学期の学級委員はマイに入れる、二学期は自分がなる、三学期は彼女の仲間の中で順番になる。この話を誰に聞いたのか思い出せないが、腑《ふ》に落ちるものがあった。引っ込み思案で、みんなと遊ぶのが苦手なマイは、一人の方が気が楽で、友人も少なくてよかった。それなのに、当然のように一学期のクラス委員に選ばれることに、ちょっとした違和感があった。それともう一つ、三学期の当選者はいつもサプライズだったのだ。教室では目立たない子が委員に選ばれ、晴れがましそうに、うれしそうにしていた様子を今でも思い出す。先生が仕掛けたことかもしれない。彼女の考えかもしれない。どちらにしても、三学期のクラス委員の話に、彼女の温かさを思う。

「あなたのエクボは素敵で、周りを幸せにした。今でも私の中に息づいているわ」

その時言いたかったことばを心の中でつぶやくと、マイは、かつてよく歩いた、木々が高く伸び繁る森の小径《こみち》に、キュートとフトフトと共に向かった。

赤い実のなる木がなつかしい。秋色の木々は光と語り合い、楽しげに語り合い、陽気ですらある。冬が凍える冷たさの中に、小さな消えることのない灯《ともしび》を持っていると知っているからだ。

小径を挟んだ枝のアーチに、秋を抱く黄金の色が惜しみなく重なる。黄色い木の葉が、光を受けて舞いおりる。風に乗って、流れとなって、舞いおりる。

道を隔てて近い距離に立つ二つの教会が見えてくる。ほとんど車の通らない道に、少し遅い秋を纏《まと》った木々が途切れることなく続いている。

古い方の教会の扉は閉まっていた。裏手には墓地がある。この教会の、ひっそりとした、木と漆喰《しっくい》のテクスチャーはマイのお気に入りだった。

大学生の頃、マイはもう一方の教会に通っていた。一切の説教は忘れたのに、その教会での牧師の声がマイから離れない。ある日、聖日礼拝の花を届けに来たマイに、礼拝堂の横にある小部屋の会話が漏れ聞こえてきた。

「そんなことをしていると人生の落伍者になる」

不登校の息子を心配して教会を訪ねた母親に、牧師が言った言葉のようだった。

普段の日の礼拝堂は静まり返っていて、牧師の声は嫌でもマイに届く。マイは耳を疑った。

「彼女が一番聞きたくないことばでしょうに、どうして……？」と言いそうになってことばを呑み込んだマイは、肩を落として逃げるように教会をあとにする母親の後ろ姿を、見送るしかなかった。

息子の将来が、牧師の言う通りの人生になるのではないかと、一番恐れているのは母親だ。

だから、教会を訪ねた。

学校に行くことだけが人生ではないと、頭ではわかっている。頭でわかっていても不安が消える訳ではなく、今、学校に行かない息子を目の前に、どうしていいのかわからず途方に暮れている。

だから、教会を訪ねたのだ。

「あんな風に言われたらギョッとするよ」

たまたま居合わせた高校生がポツリと言った。

そのあとその母親は、二度と教会を訪れることはなかったらしい。

マイはふと、K教会のT牧師のことばを思い出した。

「自分ならではの音色を奏でるために人生はある。逃げないこと。人のせいにしないこと。眺めているだけを止めること。『五十歩、百歩』、『五十歩と百歩』、『一歩と二歩』。その差があること、その差が見えることが大切、また、その差がないと知っていることも大切」

古い教会から、賛美歌の練習をしているらしい子供達の歌声が流れてきた。その歌声を聴いているマイに、澱《おり》のように沈んでいる出来事が甦《よみがえ》った。

「他人の弱みに直《じか》に触れてはいけない」マイが子どもの頃学んだことだ。その当時この国で、教会は一握りの人たちが集う所だった。

「教会には弱い人たちが集まるの？」

母に連れられて教会に通ったマイは、そこで出会う人たちのことを何気なく口にした。その途端、平手打ちが飛んできた。母はこわい顔でマイを睨《にら》んだ。何が何だかわからないまま、自分は言ってはいけないことを言ったに違いない、と悟った。

今にして思えば、母は、マイが母を指して、「弱い人」と言ったと誤解したか、あるいは、自分が、弱い人の中に入っていると認めたくなかったか、のどちらかだと思う。弱い人と言われるのが屈辱だったのかもしれない。

もしあの時、母が、

「あなたのいう通りよ。弱いからこそ、慰《なぐさ》めと愛と許しが欲しくて教会に行くの」と言ってくれていたら、私の人生は変わっていたのに……と思うマイが、今でもいる。

人のことばの不用意さとは裏腹に、木々は、穏やかで静かな息づかいの中に、惜しげもない豊かさを持ち立っている。この色を心に持ち込めば、ひそっとした静けさと、ひたひたとした満足に満たされるだろう。

逃げるように立ち去った、不登校の息子を持つ母親に、辛い日ばかりではないと言ってほしくて、マイはT牧師の言葉を秋の木の葉に託して送り届けたのだった。

馴染《なじみ》の森を心ゆくまで歩いたあと、キュートとフトフトと共に居間に戻ったマイは、冷めたお茶を入れなおし、並べたクレパスを箱に仕舞った。

「届くよね」

マイがポツリと言った。

「ことばには力があるって、マイが信じさえすればね」

しばらく黙って考え込んでいたマイが言った。

「ねえ、キュート。どう思う？　あのとき牧師さんは、息子のことで相談に来たお母さんに何を言おうとしたのかしら？　何を言いたかったのだと思う？」

ずっと疑問に思ってきたことだった。マイは、あのときの牧師のことばを、未だに消化できないでいた。今のマイは、少年を愛せなかったかつての自分を核として、自分のもとを訪れる人たちが少しでも生き易くなることを心から願っている。しかし、他人の辛さや悲しみを引き受けることは、マイにとって、いつまでたっても、幾ばくかの緊張とエネルギーの消耗を伴うものであり続けた。

こんなイメージがつきまとうのだ。

目の前に座っている女《ひと》が、微笑《ほほえ》みながら首を前に伸ばす。そこには輪になった縄がある。彼女には、自分が上がってきた十三段の階段も、避けようと思えば避けられるはずの縄も見えていない。いつ一歩踏み出すかわからない危うさを抱えて、その女はマイの前に座っている。彼女を捉《とら》えようとしているこの縄を遠ざけることができるのだろうか……と身が縮む。

もしも、本を斜め読みするように、自分の人生を斜め読みしているとすれば、はたして、他人の心の行間を読むなんてことができるものなのだろうか。

相手の思いや考えを読み取れず、別のものにしたり、相手の思いの深さを、薄っぺらなことばで置き換えたりしているだけなのでは……と恐れるのだ。

いつかの心無いことばを告げた、あの牧師のように……。

「でも、あなたと一緒だと思うと心強いのよ。私にはキュートがついている、私はいざとなったらことばの魔法が使える、ってね」

「マイはけっこう能天気だからね。でも、その気になれば、誰でも魔法は使えるものだよ。ことばを大切に磨いていればね」

マイの手元に紅葉の押し葉がある。教会の庭で拾ってきた落ち葉だ。色も褪《あ》せず、上々に仕上がった。その中に、昔のマイが詰まっている。

メイの場合

1　ネコ大王エリザベス

メイは、ピアニストだ。

自分の弾く音に、曲を表現することに、いつもストイックなメイに、ケイは羨望《せんぼう》と尊敬の念を抱いたものだ。

メイとケイはこんな会話をしたことがある。生まれたところも育ったところも違う二人が、偶然出会った。それだけでも奇跡に近いのに、〝腹心の友〟になれたなんてね！

そのメイから電話があった。

「風《ふう》がいなくなったの」

「いなくなってもう一週間なの。風は大人の猫になりきってなくて……。飛んでる鳥だって、自分も空を飛んで捕まえられるぐらいに思っていた節があってね。何でもできると思い込んでいて、恐いもの知らずで……。好奇心が強すぎるのが心配だったけれど、毎日の見回りからは帰って来ていたし……。帰ってこない日もあるにはあったのよ。そんな時は、喧嘩したような傷を作って、ヒョッコリ帰って来ていたの。だから望みをつないでいたのだけれど……。捜してもいないし、見たと言う人もいないし……。いつもの縄張りと違う外の世界に行こうとして、事故に遭《あ》ったのではないかと……」

電話の向こうでメイが涙ぐみ声を詰まらせる。


ケイに、忘れられない記憶、ある夏の日の出来事が甦《よみがえ》った。

朝、通勤途上のことだ。路上で猫が死んでいた。思わずハンドルを切った。何度も轢《ひ》かれたに違いない猫の死骸《しがい》が道にはりついている。何が起こったのかわからないまま死んでしまった。不意に涙が出てくる。喉《のど》の固まりが飲みこめない。

その日の夕方、街路樹の柳が僅《わず》かの切り株を残して、切られたそのままの姿で立っていた。傷口の痛みに目をそらし、いつもの抜け道へと左折した。

カーブの多い二車線の道を、まだ明るいというのに、ヘッドライトをギンギンに上向きにして赤い車が走ってきた。ケイが思わず手で眩《まぶ》しさを遮《さえぎ》ろうとした時、悲鳴と共に女の人が宙に跳ね上げられ飛ばされた。ストライプのエプロンを着けた女が赤い車から降りてきた。両手を広げ何か言っている。その足元、車道の端に、女性がうつぶせに倒れている。

「事故だ！」

ピーポー、ピーポー。救急車のサイレンの音が近づいてくる。

猫といい、街路樹といい、この事故といい、僅か半日にも満たない間の出来事だ。

「こんな日があるなんて……」

青ざめた顔でケイはつぶやいた。

いつものように始まった今日は、いつものような明日に続くと、どこかで信じ、安心している。けれどもその日は、何の前触れもなくやって来て、明日に続くはずの今日をいきなりどこかへ持ち去るのだ。心の準備も何もないままに……。


凪はその日、いつも右に曲がる角を左に曲がった。犬ほどではないにしても、人間の数万から数十万倍はあるといわれている猫の嗅覚《きゅうかく》が、この前出あったスラリとした白猫の、かすかな匂いを感知したのだ。信号を無視して猛スピードで走ってくる車に気づいたときは、すでに遅かった。凪が一瞬たじろぐように立ち止まったのと、その身体が宙に舞ったのはほとんど同時だった。

車はブレーキを踏んだ形跡もなく走り去った。

「凪がいなくなったのがこんなに悲しいなんて……」

メイの涙が伝わってきた。


凪が姿を消して二か月が過ぎた頃、事件は起きた。世間で、〝魔の交差点怪奇現象――犯人は猫?〟と騒がれたあの事件だ。

メイの住んでいる街から隣町に行く途中、逆S字カーブを描いている道のちょうど真中あたりで、やや鋭角に左折する道がある。この角を曲がる時、車の流れを無理に変えるような、自然な流れに抗《あらが》うような感じがいつも頭をよぎり、メイは何となくためらいを覚える。その上、左折した後の道はカーブとアップダウンが多く、更に、こんもりとした街路樹が視界を遮る。「注意！」「事故多発！」の標識が目立つ。

ある夜のことだ。

この逆S字カーブを左折した路上で多くの車が消えた。そう、消えたとしか言いようがない。不思議なのは、同じ時刻に走っていた車全部が消えたのではない、という点だった。

メイは、奇しくもその夜の事件を体験した一人だった。カーブの鋭角を、いつものように速度を落としゆっくりと左折したあと、メイはアクセルを踏んだ。そのとたん、とてつもなく大きなまだらの猫が、道に覆いかぶさるように座り込み、走ってくる車を睨《にら》んでいる姿が目に飛び込んできた。両脇の木立からは、暗闇の中、まだら猫を守るように、多くの青白く光る目がこちらを窺《うかが》っている。

まだら猫の、車のヘッドライトにも負けない大きな金色の目は血走り、目の奥には、怒りとも悲しみとも憎悪《ぞうお》ともつかない色が浮かんでいる。右の耳はギザギザに裂け、左の耳は引きちぎられたように半分しか無い。鼻の横を伝う、幾筋もの血の涙を流れ落ちるにまかせて、まだら猫はこちらを睨みつけていた。

満身創痍《そうい》のまだら猫は、所々毛がむしり取られたような、赤剥《む》けの地肌の見える尻尾《しっぽ》を誇り高く立てると、両手両足を踏ん張り身体中の毛を逆立てた。獲物に襲いかかる間合いを測っているかのように尻尾が左右に揺れる。その動きが止まった瞬間、まだら猫は、神社の鈴のような目をカッと見開き、鼻と眉間《みけん》にしわを寄せ、虎のような鋭い牙を見せると、走ってくる車に向かって大きく口を開けた。

信じられないことが起こった。

赤い炎が燃えているようなまだら猫の口の中に、アクセルを踏んだままとしか思えないスピードで車が吸い込まれていく。ブレーキを踏んだと思える車は一台もなかった。

「私の車もまだら猫に吸い込まれました。とっさのことで避けようがなくて……。突然の出来事で何が起こったのかよくわかりませんでしたけれど……そのまま崖から落ちるように下に落ちていく車と、何ごとも無かったように通り抜けた車に分かれたみたいです。一瞬、何かフワッと持ち上げられた感じがありました……」

インタビューを受けたメイは、上気した面持ちでこのように話した。助かった人たちが興奮気味に話す内容も、大体似たり寄ったりのものだった。

消えた十数台の車はどこを捜しても見つからず、手掛かりは何もなかった。いや、手掛かりはあった。おびただしい毛が道路に散乱していたし、それが猫の毛だと断定もされた。しかし、肝心の猫の行方は、杳《よう》としてわからなかった。

神隠しだ、猫の祟りだ、呪いだ、と街中大騒ぎになった。

そして、メイは、インタビューでありのままを話した訳ではなかった。

「あの〝まだら〟の首のあたりに風がいた。あれは確かに風だった。ということは、やっぱり風は事故に遭ったんだわ。風はシッポを振って何か言いたそうだった。私に何かを伝えたいみたいだった……」

風が、今度の事件に関わっているかもしれないと思ったメイは、見たままを話すことをためらったのだ。

メイは、同じ事件がまた起こる予感がした。

「風も、〝まだら〟も、あの場所に集まっていた猫たちも、きっと交通事故に遭って死んだんだわ。風は怖いもの知らずだったけれど、普通のスピードの車には慣れていた。一瞬立ち止まったとしても、走り抜ける間合いはわかっていたはずよ。風が走り抜けられなかったということは……その車はきっと猛スピードだったに違いない……。でも、車を運転していた人間に非があるとしても、このような事件は二度と起こってはいけないわ。風のためにも、すべての猫のためにも……。人間を敵と見做《みな》して報復しても、お互いの憎しみが増すばかりだもの。〝まだら〟のやり方は間違っている。どうすれば〝まだら〟を止められるかしら？　どこに行けば会えるのかしら……？

風は確かに〝まだら〟と一緒にいた。〝まだら〟と一緒にいた風は……そうそう、風はシッポを振っていた。シッポを振るのは何か伝えたいことがある時だ。いきなり死んでしまった風は、私に伝えたいことがあるのかもしれない。そうだとすれば、風のシッポを捕まえれば風のところに行ける、〝まだら〟にだって会えるかもしれない。そうだ、風が私に心を残していてくれるなら……シッポは……きっと……あの場所にいるにちがいない」

家に帰ったメイは、風の一番のお気に入りだった台所をそっと覗《のぞ》いた。風が、じゃれつき、寝そべり、おねだりをし、撫でてもらった場所だ。

いた！

風のシッポが、戸棚の陰から覗くシッポが、捕まえてよ、と言わんばかりに左右に振れて……そこにいた！

「ああ、風……」メイはゆっくり近づくと、ギュッとシッポを握った。

風のシッポと、シッポを握ったメイは、うすい灰色の雲の中を、上へ上へとゆっくり昇っていく。雲に埋もれて、何も見えない。

「雲の中にいる今の私のように、〝まだら〟はずっと灰色の中にいて何も見えないのではないかしら。憎しみから逃れたいとあがきながら、どうしようもない憎しみの中にいるに違いない。そうでなければ、目の奥に、あれほどの深く傷ついた寂しさが宿るはずがないもの。

灰色の中から抜け出すと自由になれる、と突き抜けたあとの世界に焦がれても、ただ焦がれるだけでは抜け出せない。〝まだら〟がまだ灰色の中にいるのなら、私は〝まだら〟に会って精一杯抱きしめよう。精一杯抱きしめて、〝まだら〟の傷が癒《い》えることを願おう」

メイの心は定まった。

薄い灰色がたなびくように消え、風のシッポは雲の上に出た。シッポは、ふわふわした雲の上にメイをそっと降ろした。

〝まだら〟はたくさんの猫に囲まれていた。道の両脇で〝まだら〟を守っていたあの猫たちだ。

シッポのない風が〝まだら〟のすぐ傍《そば》にいた。

初めて来た猫の国で見る〝まだら〟は、らんらんと目を光らせ、走って来る車を睥睨《へいげい》していたあのまだら猫とは似ても似つかぬ、ところどころ毛が抜け落ちた、毛並の悪い、背骨の浮き出た痩《や》せ猫だった。

風のシッポはメイから離れると、大慌てで風のお尻に収まり、風は戻ってきたシッポを高く上げて、メイに何度も何度も顔を擦《す》り付けた。

メイは、〝まだら〟にむかって微笑《ほほえ》むと、そっと横に座った。

〝まだら〟に合わせて呼吸をする。まるでそこに居ないかのように、静かに呼吸をする。〝まだら〟がチラッとメイを見る。メイもほんの少し視線を合わせ、また静かな呼吸に戻る。

眠くなるような穏やかさの中で、〝まだら〟がゆっくりと坐りなおした。警戒を解きはじめた証拠だ。メイは少しずつ〝まだら〟に擦り寄る。〝まだら〟が動かないことを確かめると、柔らかに手をその背に置く。置いた手で愛しむように撫で始める。〝まだら〟を愛した飼い主の家族、とりわけ子猫の誕生を待ちわびる子どもたちの姿が、気ままで伸びやかで満ち足りていた〝まだら〟の暮らしが、メイの手に伝わってきた。

しばらくすると、〝まだら〟は目を細め、喉を鳴らし始めた。

力を抜いた〝まだら〟を膝の上に抱き上げたメイは、そのあまりの軽さに思わず涙ぐんだ。

メイは〝まだら〟を撫で続けながら耳元で囁《ささや》く。

「いい子。いい子ね。痛かったね。つらかったね。悲しかったね」

時折、〝まだら〟が訴えるようにメイを見る。目の奥に青白い炎が見える。

「許せないよね……理不尽だもの……。あなたは、自分もお腹の子どもも守れなかった。あなたを愛してくれた飼い主にももう会えない。今もずっと自分を責め続けているのね。あなたのせいじゃないのにね。私が『ごめんね』と言って済むことではないってわかってるわ。でもね、あなたを心から愛した人たちがいたってこと思い出してよ。気心が知れて、お互い満足しきっていた日々のことを、あなたの中から追い出さないで……お願いだわ」

メイは撫で続ける。掌《てのひら》に、指先に、ありったけのことばを通わせて、〝まだら〟を撫で続ける。

「こうしていると、お互い満ち足りるのにね……」

自己憐憫《れんびん》と恨みは心を凍りつかせ、這い上がれないほどの深い溝を掘る。メイは〝まだら〟にそうなってほしくなかった。傷ついた心を開くことが、また許すということが、どれほど難しいことか……。それは、まだら自身の力の及ぶことではない、とメイはよく理解していた。

メイは、ただ撫で続け、願い続けた。

頭から背中を、柔らかくすべるように撫でるメイの指先が触れるたびに、〝まだら〟の身体からごつごつした硬さが少しずつ消えていった。メイのことばが〝まだら〟に届いたのだ。

〝まだら〟が、分別のある利口な猫であったことは幸いだった。その上、〝まだら〟は、情に極めてもろかった。〝まだら〟は、ヒゲをぴんと張り、膝からゆっくり降りると、メイの目を見て、短くニャオと鳴いた。

「みんなを返してくれるのね。ありがとう。本当にありがとう。何度ありがとうって言えばいいのかわからない。あなたはスペシャルな、本当にスペシャルな猫ちゃんだわ！」

メイは〝まだら〟を抱き上げると、〝まだら〟の鼻と自分の鼻をくっつけた。

「エッ？『私は〝まだら〟じゃない』って？『ネコ大王エリザベス』って言うの？」

メイは、笑いを噛《か》み殺した。

「あなた、女の子なのに大王なのね。まあ、いいけど……」


メイが猫の国から帰ってきた日、時を同じくして、姿を消した十数人も、こちらの世界に、車はともかくとして、無事戻ってきた。彼らは腑抜けのような顔をしてボンネットに座り、何かに押しつぶされたような車のルーフには、動物の肉球のような跡がくっきりと残されていた。車は派手に破損していて、修理工場で軒並み修理不能と査定されたにも拘わらず、運転していた連中には、見たところどこにも怪我《けが》はなかった。一つ不可解だったのは、彼らが一様に靴を履いていなくて裸足《はだし》だったことだ。

ああ、怪我もなく無事に、というと嘘になってしまう。

というのは、彼らが再び車の運転席に座ると、背中に何かが鋭く食い込んだような傷跡が浮き出るからだ。彼らは死ぬほど恐ろしい恐怖を味わったようで、その話は一切したがらない。どうやら、猫の国で、命を奪われる寸前の体験をしたらしいのだ。

記者たちが根掘り葉掘り聞いた話をつなぎ合わせると、事の真相は次のようなものだった。

彼らの車は、まだら猫の口に呑み込まれるや、アッと言う間もなく断崖の下へ、あたかもダイビングをするかのように落ちて行ったのだそうだ。警察は、その場所を特定しようと躍起になったが、時間と労力を費やしただけで、徒労に終わった。

真っ逆さまに落ちた車は、断崖に沿って走る広い道に、雪崩《なだれ》を打つように着地した。ほうほうの態で彼らが車から逃れた途端、車は何かに押しつぶされたように変形したという。メイの想像では、車は強烈な〝猫パンチ〟を食らったに違いない。

彼らは使い物にならなくなった車を乗り捨てて、道の向こうに広がる草地に避難しようとした。道を横切り始めて半分ほど来たその時だった。小山のように大きく、虎と見紛《みまが》う〝まだら〟が、彼らに向かって疾風《はやて》のような猛スピードで突進してきた。と、次の瞬間、逃げる間もなく道に倒れた彼らに次々と襲いかかり、怒涛《どとう》のような地響きを立てて走り去った。

あっという間の出来事だった。彼らの上を駆け抜けたその一瞬、〝まだら〟は、電光石火の早業で、彼らの背中に鋭い爪を食い込ませた。その時の、抉《えぐ》られるような痛みと衝撃は、並の言葉では言い表せないほどのものであったらしい。

メイのように無事に〝まだら〟を通り抜けた者と、断崖から落ちた上、〝まだら〟の爪に抉られ制裁を受けた者の違いは、あとでわかった。彼らの運転は極めて乱暴で危険なものだったのだ。

猫の世界では、足の裏を舐《な》めるとどんな傷でも治る、という言い伝えがある。

猫の国の猫たちは、総出で、彼らの足の裏を、あの猫の舌、そう、あのザラザラの猫の舌で、かわるがわる一心不乱に舐め続けた。〝まだら〟がつけた背中の傷を治すために……。

〝まだら〟は、猫たちを傷つけた上に、相も変わらず危険な運転をしていたに違いない連中の命を助けてくれた。それどころか、配下の猫たちに命じて、彼らの傷も治してくれた。

〝まだら〟に言わせると、〝傷をつけた〟と言われるのは不本意で、ただ背中の上を走っただけ、ということになるのだけれど……。その真偽はさておき、〝まだら〟は、彼らを、かなり無事な状態で、猫の国から返してくれた。メイのいう通り、確かに、〝スペシャルな猫ちゃん〟であることは間違いない。

この話にはおまけが付いていて、彼らが性懲《しょうこ》りもなく危険な運転を始めると、浮き出た背中の傷跡に、激痛と言えるほどの鋭い痛みが走るのだそうだ。

それともう一つおまけが付く。彼らが居眠り運転をしそうになると、足の裏がムズムズし始め笑いが止まらなくなるらしい。

「居眠り運転はもう決していたしません。猫の皆様、どうぞお許しください」と言うまで、ムズムズは続くのだそうだ。

メイからケイ宛ての手紙が届いたのは、風の事故から半年ほどたった日のことだった。

事件の一部始終が書いてある、長い手紙の末尾はこうだった。

「一緒に猫の国にいきませんか?」

車両がウネウネと滑り込んでくる。ケイは北へ向かう。

北へ向かうというだけで、空が下に降りてきて、低く広がる感覚がある。灰色の空、裸の木立、白い世界を思い描くからだ。そしてそのずっと先には〝鈍色《にび》〟の海がある。

北の駅の冷たい空気の中で、冬の初めの街を吸い込むように眺める。

「ケイ、お久しぶり」

穏やかな声が近づいた。

メイとケイは並んで歩き出す。

落ち着いた居間にケイを招き入れると、メイは、テーブルの上にマタタビと一緒に置いてある手紙をケイに差し出した。

「招待状が届いたの。〝平和大使様へ〟って」

「まあ、肉球スタンプが押してあるのね。何て素敵なの!」

メイの話では、風が帰ってきた夢を見て、目が覚めるとこの手紙が枕元にあったのだそうだ。

「事件を起こしたことは決していいことではないけれど、ネコ大王エリザベス様の心情は察してあまりあるものだったわ」

〝事件の解決に大いに功績があったメイへ〟と大王様じきじきの招待状だった。

猫の国にもう一度行けたら風にもう一度会えるし、〝まだら〟にだって会いたい、とご招待を謹んで受けることにしたメイは、ケイを誘ったのだ。

「猫の国ではね。私たちはダラーッと寝そべって、猫ちゃんたちをさすったり、撫でたり、肉球を触らせてもらえたりするらしいの。かつお節風味の〝猫茶〟と〝猫まんま〟でもてなしてくれるそうだけど……。お土産は、マタタビがいいんですって」

メイは、急に真顔になった。

「ケイは〝ことばファクトリー〟のこと知っているでしょう？　〝森の家〟に引っ越したあと、黒い服を着た人たちに出会ったって聞いたけれど……」

「あなたも〝ファクトリー〟に？」

ケイがうれしそうに尋ねる。

「ええ、世間でも騒がれたあの事件のあと、私、風のシッポにつかまって猫の国に行ったでしょ？　そこで〝まだら〟を、ああ違った、大王様を、ひたすら撫で続け、願い続けた。〝私のことばが届きますように〟って……。そしたら本当に届いたのね。心の通いあう動物にはことばが届くし、動物のことばも私たちに届く……。心から感謝したわ。

そのあと、風のシッポにつかまって帰ろうとしたらね、大王様が、『背中に乗れ』ってしきりに合図をするの。『耳を掴んでもいいですか？』って尋ねると、『これ以上ちぎらないでくれ』と言ったみたいだった。だから首を抱えるようにして背中に乗ったんだけど……。〝ファクトリー〟に着いたときには……そこが、〝ファクトリー〟と呼ばれているってことは、あとで知ったのよ……大王様、目を白黒させて、ゼイゼイいっていたわ。あの頃の大王様は痩せっぽちで、私、落っこちないようにと必死で首にしがみついていたから……。大王様はしばらく咳込んで、そのあとしわがれた声で啼《な》いて、じっと私の目を見つめて何か言いたそうだった。『大王様、わかってるわ』って頷《うなず》くと安心したみたい。きっと、動物にだって心もことばもある、そのことを忘れないでほしい、と言いたかったのだと思う。私、大王様の信頼に応えなければ、人間として恥ずかしいと思った。

そして、お別れの時にね、大王様、〝ことばファクトリー〟にいつでも来ることができるようにって、マントとエプロンを渡してくれたの」

メイは続ける。

「今までずっと、誰かの心に届くピアノを弾きたい、と願ってきたのよ。でも、いざ人前で弾くと変に身構える自分がいてね。いつも、何かが違う、と感じていた……。私、猫の国で〝まだら〟と話ができて、〝ファクトリー〟に連れて行ってもらって、はっきりわかったわ。自分の思いを音に託して、ひたすら練習を積み上げていれば、その音が〝ことば〟になって、誰かの心に飛び込む力を持つ、私も〝ことば〟を送ることができるってね。それって、とてもうれしいこと、素敵なことでしょう？　そういうわけで、私もファクトリーのメンバーに……」

「メイが〝ファクトリー〟のメンバーだなんて、本当にうれしい！

私は、**『ことば　言の葉……』**と呪文を唱える黒い服の人たちに、直談判《じかだんぱん》をしたようなものだったのよ。私を〝ことばファクトリー〟へ連れて行ってくださいって。

その時、黒い服の人たちが教えてくれたの。

亡くなった夫からこぼれたことば、妻を心から愛しいと思うことばを集めて、ファクトリーに持ち帰るんだって……。そしてそれを妻に送り続ける。悲しみの中ではなく、夫の愛のことばに生きてほしいと送り続ける。老婦人の人生の終わりまでね。

それを聞いて、うれしくて息が詰まりそうだった。

以前の私は、こんな風に思っていたから……。

大切な人がいなくなった時、その人の心の形そのままに空いてしまった空間を埋める手立てはあるのだろうか、あなたと共に私の心が無くなったと、その人に伝える手立てはあるのだろうかって」

ケイは、そこでフッと一息ついた。

「ことばって、届かないことの方がずっと多いでしょ？　その人の心を開けることばが届かないかぎりね。でも、それはそれでいいのよね。届くことをひたすら願って、私の前を通り過ぎる人たちにことばを送り続けていれば……」

メイが頷きながら言った。

「そうね。誰にでも届くことばってないのかもしれない……。あるといいのにね。

祈りをこめて弾く音、祈りながら送ることばは、誰にも届いてほしい、本当に届いてほしいと思うわ……。

ケイ、自分でも不思議なんだけど……。私、〝ファクトリー〟のメンバーになってまだ数か月なの。でも、この頃、ピアノの音を誰かに送ることが自然にできるようになって……。誰かに聞いてほしい、私の弾くピアノの音を共有したい……ってね」

「まあ、メイ！　なんて素敵なの！　〝まだら〟だって、風《ふう》だって、それを聞いたらきっと大喜びよ。ああ、そうそう、〝まだら〟で思い出したわ……。ねえ、メイ。ネコ大王様のご招待の件だけど……。メイは、風のシッポに連れて行ってもらえるからいいとしてよ、私は……ひょっとして……〝まだら〟のシッポ……？」

「それが違うのよ。ここ見て」

「猫の国へ来たければ　合言葉を唱えるべし　『ネコ大王エリザベス様！』と唱えるべし」

思わず吹き出した二人の目に、光るものがあった。

「ケイ、準備はいい？」

「大丈夫、マタタビも持ったし……」

「じゃあ、呪文を唱えて……。さあ、行くわよ！」

庭に出た二人は顔を見合わせると、大きく息を吸い込んだ。

2　ピアノと少年

風《ふう》がいなくなって一年が過ぎようとしていた。

日本を遠く離れた地に住む、メイと同じ音楽大学ピアノ科を卒業した友人が、メイに連弾の相棒を務めてほしいと言ってきた。メイは快く引き受けた。

「あなたにも久し振りに会いたいしね」

練習に明け暮れた学生時代のように、充実した日々を過ごしたメイは、帰国前の一日は一人で過ごしたいと、友人と別れを惜しんだあと、この土地特有の洞窟《どうくつ》居住区を訪れた。

かすかなピアノの音が洞窟の中から漏れ聞こえてくる。その音色はすっぽりとメイを包み込むと、まるで意志があるかのように再び洞窟に流れ込んだ。メイは吸い込まれるように一つの扉を押した。メイの後ろで、分厚い木の扉がきしみながら閉じ、扉は壁の中に消えた。流れてくるピアノの音色が、出口を失った不安と恐怖を持ち去った。

目の前に広がる迷路のような通路が、洞窟の中に部屋がいくつもあることを示している。そこここに揺れるランプを頼りに、音のする方へと進んだメイのすぐ横を、何かが風のように通り過ぎ、ほのかな香りが漂った。駆け去る白く細い足が残像のように映り込んだ。

驚いて立ち止まったメイの足元がふわりと浮いた次の瞬間、メイはピアノを弾く少年の傍《かたわ》らに立っていた。

灯《あか》りといえば、壁を掘って作られた棚の上にランプが一つあるだけだ。

部屋の真ん中にピアノが置かれ、壁際の長椅子の前には、楕円形のテーブルとゴブラン織りの布を張った椅子が並んでいる。

テーブルの上の花瓶には色とりどりの花が無造作に投げ入れられ、その周りを柔らかな光が取り囲んでいた。

「この花の香りは……さっきの……」

メイは首をかしげた。

床より一段高くなったスペースにはベッドが、その隣には壁に仕切られる形で小さなキッチンが見え、頑丈そうな戸棚に趣味のよい陶器や磁器が収まっている。入り口と思われるドアの反対側にもう一つ、淡いブルーのドアが見えた。

気配を感じたかのように弾く手を止めた少年とメイの目が合った。驚く風でもなく、静かな沈黙のあと、少年は再び弾き始めた。メイがたった今、弾いてほしいと思ったバッハのパルティータを……。

音は紡がれ、浮かぶ砂のような細い帯となり、光の流れとなって広がり、ゆるやかに運ばれる。金色の砂の輝きに光を迎えて流れていく。音が余韻となって部屋の四方を漂い、そこに留まろうとするかのように消えていった後、少年はピアノから手をおろした。鍵盤の上を音もなく音が流れる。耳の痛くなるような静けさの中に、ひっそりと、たった一人で少年は座っていた。

しばらくして、我に返ったようにメイが尋ねた。

「あなたは、いつからそこでピアノを弾いているの？」

少年は、自分を調べるように考え考え、答えた。

「ボクがボクであることに気づいたときから……でしょうか。その時をいつというのは難しいですが……。その前は……何をしていたのだろう……。よく思い出せない……」

再び、メイは尋ねた。

「ずっと……？　ずっと弾いていたの？　ここを離れずに？　一人で？」

「『ずっと』って、どういうことですか？　ボク、ここへ来てからここを離れたことは一度もありません。離れるって、どういう意味ですか？　この音を消すということですか？　この音を消すと、音になって飛び立つことばの生命《いのち》が消えて無くなってしまう。そのことを知っているボクが、ここを離れるって……？」

少年のようでもあり青年のようにも見える彼は、言葉を継いだ。時に、年をかさねた大人の表情さえ浮かべて……。

「いつこの洞窟に来たのか思い出せませんが……。ここに来てピアノを弾きはじめた頃は、ここでこうしてピアノを弾いていても、音はどこに流れていくのか、すぐに消えてしまうのか、どこかに吸い込まれるのか、ただ通り過ぎていくだけなのか……わからなくて、ずい分思い悩みました……。誰かの心にボクのことばが届くのかどうか知ることはない、それはできないことなのだと……。だから、ボクはずっとここにいて、『在る』ということを考えていました。ボクが誰にも気づかれずにここにいるとは、どういうことなんだろう……って。

でも、そのうちにわかってきたんです。誰かの心に飛び込めたことばはここに戻って来る。心の扉が固くしまっていて開けることができなかったり、鍵が合わずに飛び込めなかったことばは、帰ってくることができずにそこで消えてしまうんだって」


不意にメイは、大人になる前の、危うくて、純粋で、いくらか傲慢《ごうまん》な時代、その時代を卒業していないようなこの少年を知っている、ずっと知っていたと思い始めた。

少年に出会ったのは昔のようでもあり、昨日のことのようにも思えた。

「……ああ……あの子だ……」

メイはかつて、少年にピアノを教えていたことを思い出した。少年の非凡な才能をメイは愛した。メイの知っていた少年は、少し意識的で、ひたむきで、辛抱強かった。ああ言えばこうと口は減らないのに、必ずしも黒白つけるわけでもなく、かといって相手に合わせるわけでもない。よく気がつくのに肝心なことには気がつかない。本当に気づいていないのかというとそうでもなく、気づいているかというと気づいていなかったりする。怒るときは、星の王子様のように怒った。いつも、これからも、少年のままでいてほしい……とメイは願っていた。

その少年が、昔の面影そのままに目の前に座っている。

メイはさりげなく尋ねた。

「ここに来る人たちはあなたにリクエストをするのでしょう？　自分の聴きたい曲を弾いてほしいって……。あなたの気分がそぐわない時もリクエストに応えるの？」

「ボクのピアノが聴こえる人は、疲れたり悲しかったり寂しかったりする人です。そういう誰かに、この曲を弾いてほしいと頼まれて、今は弾く気になれませんとか、練習不足で弾けませんとか言って弾かなかったら、ボクは後悔するに決まっています。その人の好きな曲を弾くことで、小さな慰《なぐさ》めや希望、勇気を渡せるかもしれないのに……」

少年はそう言うと、はにかみ少し赤くなった。

痛々しく見えるわりには毅然《きぜん》としている、はかなさをも漂わせたこの少年が、透き通って見えるわけだ、とメイは思った。

メイは重ねて聞いた。

「あなたはどうして生きているの？　あなたのパンとスープは？　という意味だけど……」

「本物のパンとスープならありますよ。そこの戸棚にね。本当に不思議なんですけど、ボクが一人の時はひとり分、ボクのピアノが聞きたくてここを訪れた人がいる時はその人の分も、いつも用意されています。ボクは妖精の仕業だと思っているのですが……。でもあなたの言っているパンとスープってこういうことじゃないですよね。

ボクは……戻ってきたことばで生きているって思っています。ここへ来て間もなく、ボクが送り出した『大丈夫』ということばが、初めて、まっしぐらに戻ってきたんです。ボクはうれしくて、思わず『大丈夫』を抱きしめました」

「そう、誰かが、あなたの『大丈夫』を育てたってことね」

メイのことばには答えず、少年は黙り込んだ。

しばらくして、

「この頃、ことばが戻ってこない……」

少年は両腕に顔を埋めた。

「戻って来ることばは……ずい分……減ったの？」

「……ええ、でも、それって……きっとボクのせいなんだ！」

肩が震え、少年は声を詰まらせた。メイは、一人でピアノを弾くこの少年の孤独を思いやった。

その夜、ベッドを使ってください、という少年の申し出を断り、長椅子でまどろんでいたメイは、押し殺したような小さな声を聞いた。その声は、途切れ途切れに、入り口と反対側にある淡いブルーのドアの向こうから聞こえてくる。

そっと起き出したメイは、ドアに耳を押し当てると意識を集中した。

「ボクのせいだ……。ボクに……力が無いせい……」

悲しみに満ちた声と嗚咽《おえつ》が、メイの心を刺した。

ためらいながらもドアを開けたメイが見たものは、小部屋を埋める血に染まった手、血に染まったおびただしい数の手だった。

少年はずっと前から気づいていた。いくら練習しても練習しても、必ず一か所間違えることを……。完全に弾かないから、間違えるから、ことばが戻ってこない、完全でないから誰にも届かない、と少年は固く信じた。

メイは小部屋に少年を残し、ドアを閉めるとピアノに歩み寄った。

「ねえ、今までの音を彼に返してあげて。あなたは毎晩あの声を聞いてきたのでしょう？　聞いているあなたもずい分つらかったわね。でも、あなたが彼に音を返しても、あなたが心配しているようなことはきっと起こらないわ」

ピアノが泣いている。

昔から、誰かが、この洞窟のこの部屋でピアノを弾いていた。そして誰もがピアノを置き去りにしたのだ。そのたびに、ピアノは涙を流した。

ある日、少年がピアノの前に坐り、その指先から多彩な音があふれこぼれた時、ピアノは余程うれしかったに違いない。いつの頃からか、ピアノは、音に乗せてことばを送り続けるこの少年は、どこかを間違えて弾く限りどこにも行かないと知った。少年は完全を求め、完全に弾くことを望んでいる。もし完全に弾き終えたなら、少年はピアノを置き去りにして立ち去るに違いない。少年が不完全さの中にいる限り一緒にいることができる、とピアノは考えた。そこで、少年と少年の弾く音色を心から愛したピアノは、少年がどこにも行かないようにと、鍵盤をそっと入れ替えて邪魔をすることにしたのだ。こうして少年は、人々が弾いてほしいと願う曲を、いつも一音間違えて弾くこととなった。

弾き終わると少年は青ざめ手を見る。夜になると、間違えた手に絶望しその手を切り捨てる。まるで儀式のように切り捨てる。訪れた人々が、心を満たされて立ち去っているというのに……。ピアノは、毎晩少年の呻《うめ》きを聞きながら後悔に苛《さいな》まれ、明日こそは音を返そう、明日こそは、と勇気を振り絞るのだが、明日になると、少年を失う恐怖に勝てない。

少年は少年で、自分の気持ちにうすうす気づいていた。

もし完全に弾いてしまったら、そのあとはどうなる？ そのあとは……間違えて弾くことを恐れるあまり、二度と弾けなくなるかもしれない。かといって、不完全の中に戻ることも、許せない。

それともう一つ、間違えることで、ことばが戻ってこないのは自分が不完全だからだと、苦痛の中で自分を納得させることができたのだ。

ピアノは少年を引き留めるために、少年は完全を渇望しつつ不完全さに留まり続けるために……間違うことが、間違わせることが……必要だった。

ピアノが、ブルンと体をゆすった。そのとたん、音符がピアノからこぼれ落ちたかと思うと、宙に五線譜が現れ、音符はまるで順番を知っているかのようにその上に並び始めた。

「出ていらっしゃいな」

メイの言葉に少年は素直に従った。

「ああ、これって……」

宙に浮かぶ楽譜を見た少年の顔が輝いた。

「これって、ボクが作曲したいと思っている曲だ。まだ頭の中にしかないのに……。どうして？どうしてここに？」

ピアノが、夜、こぼれ落ちた音を順番に繋《つな》ぎ合わせたに違いなかった。

メイはピアノに両手をそっと乗せると、ピアノの悲しみを少年に伝えた。

「無意識だったけれど、間違えることを選んだのはボクです。鍵盤が入れ替わるとき、ピアノはかすかなため息をつく。ボクはそのことを知っているのに、完全に弾くことが恐くて、いつもピアノが仕組んでくれた通りに弾いた。弾いた後、いたたまれない思いをするとわかっているのに……」

そして、ピアノの上に置かれたメイの両手を見た少年は、なぜか少し赤くなった。

少年は、ピアノを愛おしむように弾きはじめた。ピアノが繋ぎ合わせた自分の曲を、もう決して切り落としはしない自分の手で……。

メイは、その旋律に、陽《ひ》に透き通る若葉の色、淡く青い花の香り、吹き渡る風の音を聞いた。

音の一粒一粒に、ことばが飛びつき、ことばが宿る。ことばが生命《いのち》を持ち飛び立つ。

ことばは、自分たちのほとんどが消えてしまうと知っている。だからこそ願うに違いない。誰かの心に飛び込み、誰かの心で育ち、ここに戻ってくることを……。

弾いていくに従い、少年が不完全な自分であっても、受け入れ許していく様子がよくわかった。弾き終えたとき、血に染まった小部屋の手は跡形《あとかた》もなく消えていた。

少年は、ことばが戻ってきてもこなくても、弾き間違えても間違えなくても、ピアノの音に託して、出来る限りのことばを送り続けるだろう。

メイの目が、安堵《あんど》と温かさを湛《たた》えた。

「これは余計なことかもしれないけれど……。あなたは一人じゃないってことに気づいているかしら？　パンとスープは妖精が作っているなんて、本気でそう思っているの？　ピアノばかり弾いていて、まわりのこと何にも知らないなんて……。

お花が枯れないのは？　お掃除をしないのに部屋がいつもきれいなのは……なぜって思わないの？　不思議に思わないの？　あなたのお部屋のお隣に住んでいる、ほっそりしたお嬢さんのこと、あなたは何も知らないの？

多分あなたは気づいているのだと思うわ。気づいているのに気づかないふりをするのは、そろそろ止めないと……。花を摘むことが花を大事にすることだったり、花を摘まないことが花を大事にすることだったりするでしょう？　そのこと、よく考えてね」

メイは、ピアノをやさしく撫でながら少年に言った。

「それともう一つ、あなたに伝えておきたいことがあるのよ。あなたは〝ことばファクトリー〟を知っているかしら？　誰かから聞いたことがあるかしら？　もし知らないのなら……。あなたに、〝ファクトリー〟がどんなところか、どうすれば行けるのか伝えておきたいの」

少年は、メイの話を上気した顔で黙って聞いていたが、聞き終わると、感謝に溢《あふ》れた目で深々とお辞儀をした。

メイが少年に話し終えると同時に、閉じていた洞窟の入り口が開き、気がつくと、メイは、自分の家の暖炉の前でお気に入りの椅子に座っていた。

「さてと……。忘れないうちに弾いておかなきゃ」

メイはピアノの前に座ると、少年とピアノを思い出すかのように弾き始めた。

少年が紡いだ曲が流れる。

「ウン、なかなかいい線いってるじゃないの」

メイはうれしそうにそう言うと、手を伸ばし思い切り深呼吸をした。

数日後、青い羽根と白い胸毛を持つ小鳥が窓辺にとまった。くちばしに何かをくわえている。窓をそっと開けると、小さな紙切れをメイの手のひらに落としそのまま飛び去った。

紙切れにはこう書かれていた。

「メイ先生。ボクはもう大丈夫です。お隣さんとも話をするようになりました。彼女とは心がかよい合います。ピアノも元気です。メイ先生と別れたすぐ後、ボクは、ピアノが弾く音符に運ばれて〝ことばファクトリー〟に行くことができました。それと、先生は、ピアノに両手をそっと乗せるでしょう？　あの時、ボク、メイ先生だって気づきました。なんといったって、ボクをビシバシ鍛《きた》えたのは先生ですから……」

エピローグ

〝森の家〟にメイが訪ねて来た。これで何度目になるだろう。〝森の家〟は、メイとケイをより近しいものにした。

「ケイ、こんにちは。今日は絶好のお散歩日和《びより》よ。森を歩いていてこのお家《うち》が見えてくると、いつも何だかドキドキするの。この家は人に話しかけるでしょ。また会えたねって……待っていたよって……。あらあら、こんにちは。あなた達にも会いたかったわ」

メイの声を聞くと、黒のラブラドールは一目散に飛んできて、尻尾《しっぽ》をちぎれんばかりに振り、すっかり大きくなった青い目の白猫も、尻尾を高くしてメイに甘えた。

「そうなの。〝森の家〟は生きてるって、私も思うわ。心を映すというのかなぁ……。ここは、〝ことばファクトリー〟に繋《つな》がっているんじゃないかって思うことがよくあるもの」

居間のソファに腰をおろすと、弾んだ声でメイが言った。

「猫の国が懐かしいわね。時間がゆったり流れていて、どの猫ちゃんも幸せな顔をしていたし……〝まだら〟も、私たちが猫の国から帰る頃には、大王様と呼ぶにふさわしい、毛並つやつやの素敵な猫になっていたしね」

「私も大王様に会ってホッとしたわ。あなたが初めて猫の国に行った時の話だと、ずい分痛々しかったものね」

「本当にあの合言葉でオーケーだったしね」

二人は顔を見合わせると笑い出した。

「今唱えちゃだめよ。猫の国に行ってしまうから。でも、いつでも行けると思うとうれしくなるわね」

二人は、猫の国への永久パスポートを手に入れたのだ。

「ねえ、ケイ、〝ことばファクトリー〟の話なんだけれど……。私は〝ネコ大王エリザベス様〟に、あなたは黒い服を着た人たちに、〝ファクトリー〟を教えてもらったのよね。私、あなたが言ってたあの呪文、唱えてみたい……かもしれない」

ケイはちょっと笑って、

「ああ、あれ？　おかしいでしょ、仰々しくって……。白状するけれど、実は私、初めて唱えるとき恥ずかしかったのよ。でも、いったん唱えるとその気になって、『ことばよ、届け！』って心底祈る気持ちになれるの」

「『**ことば　言の葉　言霊《ことだま》　漲《みなぎ》るもの　埋《うず》めるもの　満ち満ちるもの　我らと共に　ことばよ飛び立て！**』だったわね」

「ええ、そう。何だか背筋が真《ま》っ直《す》ぐになるって感じがしない？

〝ファクトリー〟にことばを届けたい、〝ファクトリー〟から誰かにことばを送りたい、と思ったら、この呪文を唱えたり、あなたのようにピアノの音に乗せたり、他にもいろんな方法があるらしいのよ。どんな方法にしても、ことばを愛し、ことばを大切に思い、ことばに心を重ねないとね。難しいことだけれど……」

ケイは自分に言い聞かせるようにそう言うと、メイに笑顔を向けた。

「ねえ、メイは〝ファクトリー〟に行ったとき、なんだか懐かしいって思わなかった？　あそこでは、無防備なままでいられるのが心地いいのかもしれない。だから時々〝ファクトリー〟に行きたくなるのだと思うの。時には正装してね。メイ、一度一緒に行きましょうよ。呪文を唱えてもいいし、メイがピアノを弾いてもいいし……」

「明日は、アイとレイ、マイとキュート……そうそう、ピアノ少年も恋人と一緒に、この〝森の家〟に来るんでしょ？　みんな一緒に〝ファクトリー〟に行けると、本当にいいわね」

「そろそろ夕食にしましょうか」

ケイは台所に立ちながら言った。

「以前、ニンジン抽出液のお母さんの話をしたことがあったでしょ。後日、そのニンジン抽出液がおいしいと評判になって、ニンジンジュースとして売り出したの。お母さんも、娘から立派に独立したってわけ」

「ふつう、娘が、母親から自立したって言わない？　あー、この国では、両方のパターンがあるわね……。あなた、ずい分ジュースの宣伝をしたり、売り込みに力を入れたって聞いたけど。今日もニンジンジュースで乾杯するんでしょ？」

メイのことばに、ケイは肩をすくめて見せると、ニンジンジュースをなみなみとグラスに注いだ。カナッペ、クリームスープ、魚のグリル、トマトとモッツァレラチーズのバジル添え、アイスクリームと楽しんだあと、食後のお茶を飲みながら、メイが言った。

「ケイ、〝ファクトリー〟が、今年も子どもたちを募集しているのよ」

〝ことばファクトリー〟は、毎年ことば運びの子どもを募集する。

子どもの夢に入り込み、

「生きているって楽しいことさ　いつでも誰でも友達さ　君が笑えば世界も笑う」

という今年のキャッチフレーズを配信する。

そして、それは

「君たち子どもの袋の中に　ことばはたくさん入っていない

だけど　強いパワーを秘めている

そうさ　みんなの宝物

君たちの陽気な心　元気　笑い声

さあ　届けてくれないか？

素敵な任務だろう！

さあ　手伝ってくれないか！

〝ファクトリー〟には誰でも行ける

『〝ファクトリー〟へ、ゴー!』と言うだけさ

君の勇気を待ってるよ! じゃ 次の夢でまた会おう!」

と続くのだ。

あの庭師が庭の真ん中に植えたパセリは、その不思議なことば通り、枯れることもなく、こんもりとした小さな森になった。子どもたちの格好の遊び場だ。

パセリの森の上空を、小さいおもちゃの飛行機が、あっちへヨロヨロ、こっちへヨタヨタ飛んでいる。

「もう、いやだよ」と声がする。

「いやだ、いやだ! だから、イヤだ!って言ったんだ!」

「ここに着陸すれば大丈夫。お姉ちゃんが見ていてあげるから」

両手を広げているのは五つ違いの姉だ。飛行機はブルンと頷《うなず》き速度を落とすと、澄ました顔で姉の手のひらにスマートに着地した。グスングスンと鼻をすすっている弟に、姉は厳かに言った。

「勇敢な飛行士さん。キミも私と一緒に行くって言ったでしょう? もう一年生だから大丈夫だって。『呪文を唱えるのか、乗り物で行くのか、どっち?』って聞いたら、お誕生日にパパに買ってもらった自慢の飛行機で行くんだ、って言ったじゃない。どんな乗り物でも必ず〝ファクトリー〟に着くよ。心配しなくても絶対落ちたりしないよ。『〝ことばファクトリー〟へ、ゴー!』

って言えば大丈夫だよ」

そして、付け加えた。

「私は、おもちゃのミニクーパーに乗っていくわ。自動車が空を飛んで悪いわけがないもの。でも、一つ困ったことがあるのね。私は平気なんだけど、私の赤いミニは高所恐怖症なのよ」

パセリの森の向こうに、白い馬が引く赤い馬車が、緑の芝生の道をさっそうと走っていく。

「あなたのお友達のリカちゃんよ。あの馬車はシンデレラの絵本から借りたらしいわ。十二時にカボチャにならなければいいのだけど……。さあ、あなたもこの飛行機に乗って行ってらっしゃい。私もすぐ追いかけるから……」

自転車で、三輪車で、乳母車で、ローラースケートで……子どもたちは〝ことばファクトリー〟に飛び立つ。「ことば配達人」になるために……いえいえ、「ことば配達人」になりたくて……。


今日は、満月だ。

月の周りの光の傘はドームを描き、薄い黄色から薄い緑へ、そして薄い赤へと幾層にも重なり、淡く色を変える。

満月から、細い光の帯がストンと落ちるように降りてきたと思うと、光の帯の一本一本を握りしめた子どもたちが、大切そうに抱えた包みを、眠りに落ちた家々に置いていく。青く明るい夜の中を、一つ一つ丁寧に置いていく。月は、子どもたちをドームの中に誘うかのように、慈しむかのように、位置を変える。

「ああ、ケイ、窓の外を見て。ことば配達人さんたちよ」

「ああ、ほんと……。明日の朝、子どもたちは、ことばを送られた人たちの笑顔を見て、自分たちの幸福な夢を思い出すでしょうね」

「何の気兼ねもなく話せて、それを分かち合えるって、幸せなことね」

「本当にそう思うわ」

二人はどちらからともなく、自分の前を通り過ぎた人々に思いを馳《は》せた。二人が出会い、心から愛した人々だ。

「私たち、たくさんの人たちから、たくさんの贈り物を貰ってきたわね」

「思い出すたびに泣きそうになって、心が洗われるような人々にも出会えたわ」

「ことばを送るとき、誰かの中に留まることばがありますようにと願うけれど、それを選別できると思うことは奢《おご》りじゃないかと思うの。畏《おそ》れを感じながら送るって大切だと思うのよ」

「そうね。海の色、落ち葉の匂いや葉擦《はず》れの音、空の輝き、夕暮れの懐かしさなど、そんな自然のことばを送り届けられたらって……いつも思う」

ケイが、思い出したように言った。

「そうそう、きのう、私ね、すばらしい夢をみたの。『りんごの木の夢』だけど……。出会った人たちが、りんごのように丸くなって木に止まっているの。悪意の届かない自由な心で、涙で清められたような柔らかな顔で……。

『あなたはあたたかい、みんなもあたたかい、私もあたたかい』って、一人ひとりのことばが伝わってきた……。

目が覚めて、これは夢じゃないと思った。ことばは届いてるって思った。そして、これからも、心に重ねたことばが、あなたにも私にも届きますように……。そう願ったわ」

「私たちは知らなくても、ことばは届いた人の中で育つのね。本当に素敵な夢ね。私たちも、〝ファクトリー〟を知って、何か変わったかしら？」とメイが言う。

「私は、自分を愛することが少しわかってからは、何もできないと思う無力感が、静かな感謝と穏やかさに変わったみたい。途切れることなく寄りそう強さが欲しいと願うようになったわ」

「私は、他人に微笑《ほほえ》むことができるようになったと思う。ピアノを弾く自分を、前よりずっと好きになったもの」

「〝ファクトリー〟に行くようになってからの私たち、ちょっと素敵になったと思わない？」

二人は首をすくめると、顔を見合わせ笑いあった。

ケイはテーブルに頬杖《ほおづえ》をつき、遠くを見るような目で言った。

「何だか、幸せが溢《あふ》れるような気持ちよ……」

二人は、静けさの中で時を止める。

ことばは、世界を包むこともできる、広がることもできる。そう思える。

ことばを届ける。ことばが届く。

ことばの奇跡は、いつも静かに、時にはあっけないほど簡単に行なわれるので、それと気づかないことさえあるかもしれない。あまりにも当たり前のように起こるのだ。すぐに感謝することを忘れるほどに……。

あとがき

物語を紡ぐことは、私の夢でした。

夫と二人で、滞在期間は短くても、いろいろな国々を、毎年気ままに楽しむ旅行を経験した私は、旅先のホテルで、その日その日の味わいを、何冊かのノートに書き留めました。

また、心に思うことを何年も、ノート、紙切れ、メモに書き溜めていました。

これらを題材にして、いくつかの筋書きの用意もしながら、いつか書こう、いつか……と、先延ばしをする言い訳は、探せばいくらでも見つかりました。

立ち止まったままの自分を締め出したのは、時は待ってくれない、と本当に気づいた三年ほど前のことです。

私の作業は、目の前に山積みになっている、虚実取り混ぜたジグソーパズルの各ピースを、同時に聞こえてくる様々な声を聞き分け、選《よ》り分け、決められた箇所に間違わないように嵌《は》め込み、復元するというものでした。

それが、完成してひとつの絵となったとき、各ピースがそれぞれ生き生きと動き出してくれることを願いながら、物語を展開しました。

この物語には、四人の女性が登場します。それぞれの名前に多くの意味を持たせたくて、アルファベットや片仮名、漢字など、いろんな文字が当てはめられるように、イメージが膨らむようにと考えてつけました。

本書に出てくる〝パセリの森〟というネーミングは、庭にある小さな畑に、ある日パセリが、〝こんもりと〟と言う形容以外考えられない形で繁っているのを見つけ、その時の感動が忘れられなくてつけたものです。

〝パセリの森〟は青々と、形よく、パセリだって森になる、ここに一つの世界がある、と私に語りかけていました。その声を拾い上げたいと思いました。

物語に、自分を投影したものが含まれることは否めない事実であるとしても、私の中では、少し思慮深さに欠け、いつまでも甘えを残すマイが、一番身近に感じる存在です。

生きていく上では、マイのままでいることは難しく、許されないことが多くありました。

また、一見、しっかりしているように見えるケイも、アイも、自分を受け入れることの難しさを嫌というほど味わった存在であることは同じです。

メイは、ある意味、独自の存在ですが、メイの穏やかなことばの中には、どこまでも続く高みを目指そうとするひたむきさが見え隠れします。

四人の女性が、不十分な自分、弱さともろさを抱えた自分を受け入れて、ほんの少し前を向く姿を、四人が語りかけることばを、受け取って下されば望外の喜びです。

的確な助言を随所に下さった編集者、終始私を励まし、文字通り、共に歩んで下さった友人の存在が、この物語を完成に導いたことを記しここに深い謝意を表します。

また、夫は、パソコンに向かい続ける私をよく理解してくれました。

最後に、小児科医としての経験と、多少の心理療法の知識が、この物語を書くことを助けてくれたことを付記しておきます。

二〇一八年三月

井上さくら

井上さくら
静岡県浜松市在住。小児科医。玄関の戸を開けると、マリオネットのキュートが迎える家で、夫とゴールデンレトリーバーとの3人で暮らしている。

ことば降る森

2018年3月20日　初版第1刷発行

著　者＊井上さくら

発行者＊西村正徳

発行所＊西村書店 東京出版編集部
〒102-0071 東京都千代田区富士見2-4-6
TEL 03-3239-7671　FAX 03-3239-7622
www.nishimurashoten.co.jp

印刷・製本＊中央精版印刷株式会社

ISBN978-4-89013-788-6　C0093　NDC913